LES CHANTS

DU PSALMISTE.

Paris. — Cosson, imprimeur de l'Académie royale de Médecine,
9, rue Saint Germain-des-Prés.

LES CHANTS

DU

PSALMISTE

SECONDE PARTIE

Chants nationaux. — Stella sacra. —
Chants prophétiques

PAR

SÉBASTIEN RHÉAL

DEUXIÈME VOLUME

PARIS

DELLOYE, LIBRAIRE-ÉDITEUR
13, PLACE DE LA BOURSE

1841

Dédicace

AU CHANTRE D'ORPHÉE, D'ANTIGONE ET D'HÉBAL.

Les anciens poëtes étaient dans l'usage de dédier leurs œuvres aux personnages éminens de leur époque, à des princes ou à des monarques, dont ils ne recevaient souvent, en échange de l'immortalité de leurs coupables flatteries, qu'un dédaigneux regard ou d'iniques persécutions. J'en appelle à la mémoire de l'infortuné Torquato, l'un des plus douloureux martyrs du Calvaire poétique, où je gravis moi-même à la suite de nos glorieux maîtres. Plus heureux en ceci, je dédie mon second volume au philosophe chrétien, illustre entre les princes de l'avenir, qui a bien voulu m'accueillir inconnu

a

avec sa bonté patriarcale et consacrer mes premiers chants du sceau de ses augustes préceptes.
Mille pardons si le souvenir du tendre et malheureux poëte de Ferrare me fait songer que
les principautés semi-populaires du présent ne
valent guère mieux pour nous que les royautés
tyranniques du passé. A la prison royale, à l'exil,
ont succédé tour à tour l'indifférence, l'agio-
tage littéraire, l'hôpital, et au besoin, la prison
politique, sœur de la censure, pour celui qui
oserait écrire la moitié des vérités sorties de la
plume de Juvénal.

O cœur gonflé d'amertume, tais-toi ! ce n'est
point ici le lieu ni l'heure de penser à ses misères
individuelles, d'ailleurs, par la sympathie, filles
des douleurs générales. Une immense question,
sombre comme le *peut-être* d'Hamlet, oppresse
toutes les classes sociales, même les plus aveugles, et le cœur de chaque être : la civilisation
présente ne touche-t-elle pas à son déclin ? Aura-
t-elle un réveil ? Dans ce travail de décomposi-
tion et de recomposition, toutes les doctrines
d'Alexandrie, toutes les phases du bas-empire,
en art, en morale, en politique, en religion,
repassent devant nos yeux comme un panora-
ma. La corruption vénale et intellectuelle, voi-

lée sous sa propre atonie, enveloppe d'inextricables réseaux le gouvernement , les classes hautes et moyennes, et descend jusqu'au peuple devenu sceptique à son tour. La question est là, sérieuse, n'en déplaise aux louangeurs officiels ou non de la cour ou de la presse, de la chaire philosophique et de la littérature. Partout se prêchent à voix haute le sacrifice des vocations aux besoins de la vie positive, le sacrifice des fidélités aux transactions des choses, le sacrifice des consciences aux nécessités du temps. Ce sont les trois seules échelles de succès.

Je le répète avec tristesse : la question est là, sous mille formes diverses et analogues : le christianisme, disent les uns, n'a-t-il pas accompli sa destinée comme le polythéisme ? A quelle phase en sommes-nous ? — La satisfaction de l'homme n'est-elle pas son but sur la terre ? disent les autres. — La poésie a-t-elle encore un rôle à jouer ? disent ceux-ci. — N'y aura-t-il point de terme, disent ceux-là, entre le règne oppressif des castes, le règne dégradant du cens, ou le règne brutal du nombre ? — L'Europe sera-t-elle russe ou démocratique ? murmurent des échos. — Enfin ce régime transactif, qui n'est ni le droit divin ou religieux, ni le droit

national, ni le droit intelligent, et qui tend à
effacer tous ces principes vitaux, sera-t-il notre
dernière forme de décadence normale?—Quelques autres, espèce d'holocaustes néfastes, pour
unique question, se hâtent de mourir.

Souffrez que je vous le demande, à vous qui,
des hauteurs du passé, avez tracé les routes de
l'avenir : devons-nous être dévorés par le sphinx
du présent, nous les prophètes de l'âge futur,
et toutes les théories rêvées pour la réhabilitation de l'humanité déchue, ne sont-elles que
des mirages impossibles à atteindre? Hélas! en
face de ces perpétuelles dégradations sociales,
si chèrement rachetées par les victimes choisies
de la Providence, je suis prêt à m'écrier : Non,
le royaume des esprits n'est pas de ce monde.
Que le chantre d'*Orphée* me pardonne ces lignes
empreintes de doute et de trouble. Je me glorifie de m'abreuver à ses sources de foi et je
combats pour la même cause une et indivisible.
La philosophie et la poésie, ces deux nobles
sœurs, telles que deux sibylles inspirées, se retrouvent aux portes du siècle. Que l'Académie
vous ouvre ou non son enceinte, le temple de
la postérité vous est ouvert comme au divin
successeur du divin Platon.

EXORDE.

Les trois parties qui composent les *Nouveaux Chants du psalmiste* présentent les trois faces de la poésie, dont j'ai revêtu le sacerdoce, à l'exemple des poëtes primitifs. La patrie, la nature, la religion, tels sont les trois sentimens gravés dans le cœur de l'homme ; telles sont les trois cordes de la lyre antique, du théorbe chrétien. La lyre et le théorbe ne sont que l'expression idéale ou civilisatrice de l'humanité : le théorbe succède à la lyre, comme le christianisme au monde païen. Dante, Milton, Klopstok, voilà les initiateurs de la nouvelle ère poétique, dans l'Occident.

La poésie chrétienne, réhabilitée sous l'invocation de ces trois maîtres immortels, doit résumer à la fois le monde antique et le monde moderne, dans son double génie traditionnel et perfectible ; mais l'ostracisme aveugle, dont l'avaient frappée tour à tour les aristarques inhabiles du dix-septième siècle, et les philosophes intolérans du dix-huitième, en la séparant du culte populaire, a laissé tristement s'altérer ou s'effacer les plus héroïques physionomies de notre histoire. La plupart des poëtes nationaux, parmi nous, sont restés en dehors de l'esprit religieux, et les poëtes chrétiens étrangers aux inspirations civiques. De là, absence de la véritable épopée dans notre langue ; absence d'un théâtre créateur, si j'en excepte les deux chefs-d'œuvre d'*Athalie* et de *Polyeucte*. Le sentiment de cette alliance des deux principes harmonieux d'Isaïe et de Tyrtée, instinctivement commencée par quelques poëtes novateurs de ces derniers temps, a surtout inspiré les chants nationaux.

Ce n'est qu'en retrempant la poésie à ces sources sacrées, universelles, vivantes, qu'on lui rendra son vrai caractère complétement dénaturé par les sectes et les écoles, la grandeur primitive et morale de l'art, selon le but précis exposé dans mon premier volume. Les genres divers créés par la rêverie ou la fantaisie, au milieu de nos rénovations récentes, quels que soient encore leur vogue ou le talent de leurs apôtres, me paraissent les uniques résultats des phases maladives de notre époque. Avec eux se sont introduits les élémens destructeurs mis en théorie et en pratique, le laid, le bizarre, le sophisme, tous les paradoxes de l'imagination, dont j'ai déjà signalé, en les combattant, la funeste influence ; et sous leur patronage ont succédé sans scrupule aux mâles figures du beau, au génie des fortes compositions, le joli, le maniéré, le pittoresque ; tous ces termes de la vulgarisation d'un art à sa décadence, tombé dans le domaine mercantile.

   * Le chantre de *Manfred*, le Prométhée moderne, fort

* Voici les opinions textuelles si souvent travesties de Byron, consignées dans une de ses lettres de polémique littéraire à son libraire

distinct et fort au-dessus de toutes ces écoles , auxquelles on a prétendu à tort le rattacher, Byron , je le répète , quoique opposé à l'orthodoxie chrétienne, s'est lui-même inspiré aux sources religieuses dans la *Prophétie du Dante* et ses admirables mystères , ses ouvrages les moins compris et les moins cités. Il y a deux routes en poésie comme en gouvernement : la première de flatter les mauvaises passions , les goûts vulgaires ou idolâtres de la foule, pour en recueillir les couronnes. La seconde consiste à devancer l'esprit des âges , à

Murray ; elles pourraient servir de complément aux autorités sur lesquelles s'appuie la préface des *Chants du Psalmiste.* « La nature exacte, la nature nue , la simple nature ne fera jamais un grand artiste, encore moins un grand poëte. — Selon moi , la plus noble de toutes les poésies, c'est la poésie morale, comme le plus noble de tous les sujets terrestres doit être la vérité morale ; je ne parle pas de la religion ; c'est un sujet trop au-dessus des talens humains, et qui a presque toujours échoué dans des mains mortelles, excepté dans celles du Dante et de Milton. — Qui a fait de Socrate le plus grand des hommes ? la vérité morale de ses préceptes. Qui a prouvé que le Christ était fils de Dieu presque autant que ses miracles ? ses préceptes de morale. Dira-t-on que la poésie morale, cette poésie dont l'objet est de rendre les hommes meilleurs et plus sages, n'est pas du premier ordre de poésie : elle exige plus d'âme, plus de sagesse, plus de talent que toutes les forêts où le poëte va s'égarer. » Cependant on a fait tour à tour du barde anglais un romantique et un type d'athéisme, afin de donner un chef à sa thèse, comme si tout l'homme ou même sa meilleure et sa plus intime partie se trouvait dans *Don Juan* et dans quelques pages excentriques. Un feuilletoniste ne s'est-il pas écrié naguère , à propos des préceptes de M. Ballanche : que c'était circonscrire l'art dans d'étroites limites que de le restreindre dans les bornes de la morale. O naïveté digne d'un temps où le grand nombre admet, pour justifier son propre exemple, que le poëte, sans conscience et sans opinion, peut tour à tour, selon les circonstances, flétrir ou exalter les mêmes hommes et les mêmes choses! Il est encore plus politique de suivre l'exemple de la *Revue des Deux-Mondes* et autres, nonobstant leurs sérieuses assurances d'impartialité critique : se taire sur ceux qui ne sont pas des siens et rayer leur existence de ses tables d'immortalité.

se rendre l'interprète des choses supérieures, providentielles, futures, d'après le vrai sens du mot *Vates*, au risque d'être méconnu de ses contemporains : le barde anglais eût été plus grand, et sans doute moins applaudi, s'il n'eût tant sacrifié aux idoles terrestres.

La poésie nouvelle, celle dont il fut le précurseur dans son antagonisme, cette poésie, fille de la ruine des âges païens et de la résurrection religieuse, de la théosophie et de la science du passé, de la révolution populaire et du développement de la conscience individuelle, ouvre des mines vierges et inépuisables aux poëtes à venir. Prophétesse, elle a tout à formuler, à définir, sa théogonie, ses symboles, ses oracles. En vérité, il s'agit pour elle d'autre chose que d'opter entre les règles académiques d'Aristote ou les renaissances plastiques du moyen-âge. Ces lettres mortes du vieux théorème classique ou du fétichisme profane de l'art pour l'art, ont assez occupé la frivolité publique, et détourné en le défigurant le véritable but de la poésie, dont le rhythme est simplement une formule plus parfaite et plus divine de la pensée humaine.

Or, si la poésie vécut de fictions dans les ères fabuleuses ou croyantes, elle doit emprunter ses mythes aux idées militantes de son époque. C'est à ce point de vue qu'il faut juger les *Chants prophétiques*, dernière partie du volume, où sont résumées toutes mes croyances religieuses et sociales. Le mouvement de deux mondes ébranlés sur leurs anciennes bases, la lutte passionnée de l'Occident pour les principes souverains du droit de l'homme et du droit des peuples, les événemens multiples autour desquels s'agite la civilisation transformée par les conquêtes rivales de l'intelligence et de l'industrie, enfin les phases de l'humanité dans ses voies futures, offraient leurs tableaux à la triple interprétation du poëte, du philosophe et du psalmiste.

Stella sacra, placée entre la première et la troisième partie, forme la région de la poésie pure, et complète les chants des derniers livres du précédent volume. Il est facile de suivre l'ensemble de ces chants, tour à tour sur l'art, la nature, le mythe religieux ou le monde idéal, ces trois domaines infinis de l'inspiration. L'ode, l'hymne, le poëme, l'apologue, le dialogue, le mystère, le chœur antique, ont alternativement pris place dans une œuvre dont la nature variée embrassait tous les principaux sujets du lyrisme. C'est encore à mes yeux l'image de la fusion des temps, exprimée dans le Rapsode et le Psalmiste, dans le Scalde et le Barde, ces quatre personnifications analogues de là poésie primitive. Les divers modes du chant des poëtes ont tous un sens intime. Étudiez-les depuis l'épopée jusqu'à la fable ; ils correspondent à chacun des âges de la vie individuelle ou de la vie sociale.

Au reste, je sais combien toutes ces choses, et généralement toutes les idées morales d'un ordre élevé, nonobstant le triomphe apparent des coteries et quelques vaines hypocrisies d'apothéoses vertueuses, sont tombées en profond discrédit parmi le public, fidèle héritier en cela des grossières façons d'agir des siècles précédens. Une foule d'assertions ignares et d'opinions choquantes courent, par les mille voix de la presse, de salons en salons, de famille en famille, dans le propre sein du monde littéraire, sur la carrière poétique en particulier. Des poëtes même ont semblé se complaire à se dépouiller, eux et leur mission, du seul caractère qui pouvait la rendre respectable. En réhabilitant l'art dans son noble sacerdoce, il y aurait aussi à lui rendre sa dignité, sa suprématie sacramentelle dans les fastes des nations, d'où ont essayé de le bannir absurdement un grand nombre de socialistes[*] depuis Platon jusqu'à Rousseau. Il

[*] Voir la note de la préface aux notes du volume.

semble que le génie atroce du mal et du faux , qui sont
frères , se soit incarné sous les plus belles apparences, et
constamment mêlé aux plus utiles réformes pour en souiller
la source, et pour détruire dans leurs germes les plus magnifiques prérogatives de l'esprit humain.

A cette heure, on en est encore à fonder la *propriété
littéraire*, qui me paraît imprescriptible , mais qui ne con-
stitue pas, à mon avis, la question la plus importante de
l'art, dont le plus sérieux péril serait de devenir un métier ,
un négoce assimilé de plus en plus aux choses mercantiles de
la société. Ah, de grâce! mieux vaudrait le paria de la
veille, sublime vagabond des royaumes divins, quand il n'était
pas enchaîné à la porte des grands. Il est sans doute fort
louable d'empêcher un petit-fils de Corneille de tomber dans
la misère , en lui assurant le produit des œuvres de son aïeul,
comme au petit-fils du plus mince propriétaire. Toutefois,
il serait encore plus méritoire d'empêcher que les disciples
de Corneille , ou ses successeurs, n'expirassent dans la
misère , à l'exemple de ce grand homme , ou même ne
puissent produire leurs œuvres. Je dois le proclamer sans
réserve, après les spectacles douloureux*, renouvelés en

* «Voyez la note 13 sur Gilbert dans les notes générales.» Un publiciste
distingué, M. Petetin, demandait naguère, à propos des historiens, si le
gouvernement ne pourrait pas employer une minime partie des sommes
destineés à l'entretien des haras pour l'édification d'une bonne histoire
de France. Je ne me risquerai pas à demander si un quart des subventions théâtrales, dont une partie passe en l'honneur du corps de ballet,
ne pourrait pas être consacré à des gloires plus solides et plus nobles.
La jambe du danseur Perrot ou de la *divine* Elssler est bien plus inté-
ressante pour le public parisien et pour l'honneur de la France que la
vie d'un Gilbert ou même d'un Corneille, s'il n'est plus à la mode. Mais
je demanderai simplement à quoi sert la subvention théâtrale, spéciale-
ment accordée pour l'entretien d'un théâtre national ? où est la moindre
garantie d'arriver à la scène française pour les disciples de l'art placés entre la censure et le comité sans appel des acteurs sociétaires ?

face de nous : c'est une double honte solennelle, que l'indifférent oubli perpétué des nations pour leurs poëtes. Le culte poétique, l'un des fondemens les plus nobles de la gloire nationale, et l'une des gloires de l'humanité toute entière, s'associe aux sentimens les plus vitaux de la civilisation ; son extinction, chez un peuple, fut de tout temps un signe irrécusable de décadence.

Cependant je ne clorai pas ce dernier entretien sans le dire avec reconnaissance : des suffrages précieux, des marques fraternelles de sympathie sont venues m'accueillir au début de ma carrière. Si elle n'était déjà le résultat de convictions au-dessus d'un succès littéraire, ces suffrages suffiraient pour me soutenir dans ma mission plus austère que les voiles rians dont la poésie aime à se parer, et que mes forces ne semblaient le permettre dans ces temps de luttes privées et publiques. Aide-toi, et le ciel t'aidera. La vérité, la beauté, trouvent même encore aujourd'hui, à travers l'indifférence, des accès dans les âmes ; mais ceux-là même qui devraient répandre la lumière des saines doctrines, et qui en sont les gardiens, quand ils ne la défigurent pas, la plupart, la tiennent soigneusement sous le boisseau. Grâce à Dieu, la lumière et la vérité ne sauraient s'éteindre.

à l'exemple des prix académiques qui, pour être plus littéraires en apparence, n'ont jamais empêché les vrais talens de mourir de faim, toutes les subventions théâtrales ou autres ne sauraient porter d'heureux fruits que dirigées dans un esprit plus sérieusement équitable et plus national; de réforme complète à cet égard.

CHANTS NATIONAUX.

Encor des chants nouveaux sur la lyre divine,
Des chants de courroux et d'adieux.
Du vil démon de Faust esclaves odieux,
Les fanfares du siècle éclatent en tous lieux.
Encor des chants nouveaux sur la lyre divine
Pour la patrie et pour les cieux.

Le Tribunat.

LE TRIBUNAT.

A Béranger et à l'auteur des Iambes.

Tout grand homme
Auprès du peuple est l'envoyé de Dieu.
BÉRANGER.
J'entends de mon cœur la voix mâle et profonde
Qui me dit que tout homme est apôtre en ce monde,
BARBIER.

CHŒURS POPULAIRES.

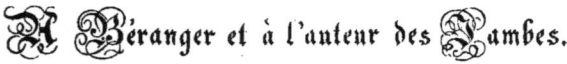

PREMIER CHŒUR.

Oui, l'invincible éclair, qui luit sur le prophète,

Langue ardente envoyée aux terrestres élus,

Embrase tour à tour le tribun, le poète,

Fils de Tyrtée ou de Grachus.

Trois fois sainte ici-bas la robe holocaustale
Que consacra leur sang, pourpre des libertés !
   Sainte leur voix sacerdotale,
Qu'elle tonne au forum, sous la voûte rostrale,
    Ou dans les clameurs des cités !

DEUXIÈME CHŒUR.

Aux jours de servitude, où notre destinée
Pèse sous le fléau des révolutions,
Quand l'heure du réveil, comme un foudre est sonnée
    Dans l'attente des nations,
L'interprète inspiré, des flancs de l'ombre immonde
Se lève étincelant pour son apostolat.
    Rempli de la flamme féconde,
Il vient sybilliser dans l'ouragan du monde
    Les oracles du Tribunat.

TROISIÈME CHŒUR.

   Fiers jumeaux ! hérauts magnanimes !
C'est le couple indompté des frères immortels,
Partageant aux Romains les dépouilles opimes
    Et massacrés sur leurs autels.

C'est Rientzi, debout sous l'arche olympienne,
Évoquant à ses cris le passé triomphal
  Au sein de la Rome chrétienne,
Et rougissant encor la robe plébéienne
  Changée en appareil royal.

QUATRIÈME CHŒUR.

  Viens applaudir, mère commune,
Liberté tutélaire, aux chants inspirateurs!
C'est Mirabeau tonnant du haut de la tribune
  Contre les règnes oppresseurs :
D'ombres et de rayons formidable mélange,
Jeté dans les reflux des siècles en courroux,
  Accablé de gloire ou de fange,
Athlète souverain de l'immense phalange,
  Déchiré par des dards jaloux.

CINQUIÈME CHŒUR.

  De noms sacrés troupe héroïque!
C'est le grand Washington, à son hardi flambeau,
Créant sur les débris d'un pouvoir tyrannique
  L'avenir d'un monde nouveau.

C'est le pur Malesherbe, à la tête blanchie,
Défendant la Victime au sanglant tribunal.
    C'est André, frappant l'anarchie
De ses hymnes vengeurs, accens de la patrie
    Et montant au char sépulcral.

SIXIÈME CHOEUR.

    Écoutez, vers l'antique Égine,
Le poëte * inspiré des chants de l'Eurotas;
Sa voix a réveillé l'écho de Salamine
    Sous le ciel de Léonidas.
Proscrit d'un sol ingrat, orageux Prométhée,
Rachetant par sa mort de profanes soupirs,
    Ceint du laurier de Timothée,
Sublime, il confondit sa cendre révérée
    Au sang des héros, des martyrs.

SEPTIÈME CHOEUR.

    Célébrons ces nobles augures!
Leurs voix ont entonné le cri du genre humain.

    * Byron.

L'arène retentit des augustes murmures
  Que roula le fleuve romain.
Le glaive et la parole, au choc de leur mémoire,
S'allument palpitans dans le cercle enflammé
  Où tourbillonne leur histoire,
Et le soldat de Corse, au berceau de sa gloire,
  Apparut en tribun armé.

HUITIÈME CHŒUR.

  Où sont-ils les grands interprètes ?
J'ouis les flots confus de nains ambitieux.
Eux, les fils des tribuns ! eux, les fils des poètes !
  Sans culte, sans mœurs et sans dieux !
Ils jettent à tout vent leur stérile éloquence.
Les nouveaux Juvénal vendent leur Némésis,
  Chantres à la vaine cadence,
Et les défenseurs purs expirent en silence
  Sous le poids des jours avilis.

NEUVIÈME CHŒUR.

  De son drapeau soldat rebelle,
Opprobre à qui l'arbore au char de factions !

Le vertige engloutit dans le gouffre infidèle
    Les avides ambitions.
Combien de noms souillés pour quelques noms sans tache!
L'héritier d'Agathocle ou de Saturninus
    Sous un masque fervent se cache,
Et, vil profanateur, plus d'un s'élève en lâche
    Au trône de Tibérinus.

DIXIÈME CHOEUR.

Honneur à l'apôtre intrépide
Qui ne chancelle pas dans son âpre sentier!
La couronne de chêne à son soleil limpide
    Éclipse l'éclat du laurier.
Qu'importe le flot noir des basses calomnies,
Les haines des partis, les coups de l'oppresseur!
    Le triomphe ou les gémonies
Ne sauraient mesurer au gré des tyrannies
    La gloire ni le déshonneur.

LA MORT D'ANDRÉ CHÉNIER.

CHANT ÉLÉGIAQUE.

LA MORT D'ANDRÉ CHÉNIER [1].

CHANT ÉLÉGIAQUE.

—————

Les vertus se voilaient devant l'autel du crime.
On entendait pleurer les anges dans les cieux,
Et les luths se briser en des sons douloureux.
Un jeune homme debout, semblable à la victime,.
   Chantait à l'heure des adieux :

« Patrie, entends ma voix ! Je meurs pour ta défense.
J'ai flétri nos bourreaux sous leurs dais criminels.
Un sort fatal poursuit la gloire et l'innocence.
Le juste est l'holocauste offert pour les mortels.

Sur ce triste échafaud, où je monte à l'aurore,
Je suis d'autres martyrs les pas consécrateurs,
Celle que j'admirai, des noms plus chers encore.
Que d'autres me suivront dans ces jours de fureurs !

Jadis, le cœur rempli des images d'Athène,
J'espérais d'autres jours au cri de liberté.
Gloire que j'invoquai, non, tu n'étais point vaine !
Mais les tyrans de l'homme ont terni ta beauté.

Quand les forfaits hideux se partagent le monde
Comme un lâche troupeau par la peur abattu,
L'air de la vie accable en son horreur profonde ;
L'échafaud est un trône où brille la vertu.

Pardonne si des pleurs humectent ma paupière.

J'étais jeune et j'aimais, fier de ma lyre d'or.

Mes avides regards s'ouvraient à la lumière;

Je meurs comme un aiglon frappé dans son essor.

Heureux qui périt jeune, encor libre et sans tache!

Malfilâtre, Gilbert, à vous je vais m'unir.

Que le rayon sanglant de l'homicide hache,

En tombant sur ma tête, éclaire l'avenir. »

Le poëte, à ces mots, monta d'un pas tranquille

Sur le trône où la mort l'attendait à son tour.

A peine il achevait quelques soupirs d'amour.

La foule regardait, taciturne, immobile,

    Aux longs roulemens du tambour.

Jeanne d'Arc

ET

CHARLOTTE CORDAY.

JEANNE D'ARC

ET

CHARLOTTE CORDAY [2].

———⊷❈⊶———

Éclate, ò harpe fière, en accords magnanimes,
Orgueil des nobles cœurs, juste effroi des méchans.
    Célèbre deux vierges sublimes!
Tressaille, ô sol gaulois! l'humble fille des champs,
    De l'esprit divin saisie,
Dans les sanglans revers de ta rive envahie

Par les torrens de l'étranger,
L'oriflamme à la main, délivre sa patrie,
Et meurt sur un bûcher.

Mais quel astre jumeau se lève!
Pleine du même feu, l'héroïne au cœur fort,
Du Dieu de la justice a ressaisi le glaive
Dans un invincible transport.
Ministre saint de la vengeance,
Judith chaste, elle noie en son sang détesté
L'un des monstres affreux, vils tyrans de la France,
Et, gloire de l'humanité,
Monte sur l'échafaud, sublime de beauté.

Jamais la Grèce aux jours antiques
Parmi ses filles héroïques
Ne vit briller d'aussi nobles flambeaux.
Jamais l'ardeur de feux plus beaux
N'inspira d'Israël les augustes cantiques.
Les guerrières du nord, que le barde chanta

Sur sa harpe aux mâles ivresses,

Ne sauraient égaler ces vierges vengeresses.

France, réjouis-toi ! ton sol les enfanta.

Joins leurs images immortelles

Aux fleurons dont ton astre éclaire les splendeurs.

La bergère aux flammes fidèles,

Dont la voix, d'Attila suspendit les fureurs,

Leur tend du haut des cieux ses palmes fraternelles.

Libératrice de ses murs,

Hachette vient s'asseoir près des femmes divines.

Saintes, martyres, héroïnes,

Couronnez vos deux sœurs de vos lis les plus purs.

Où sont les marbres, les portiques,

Pour montrer à nos yeux ces patrones civiques,

Dignes des glorieux accords?

Quelles lampes inextinguibles,

Signes de leurs vertus, rayons incorruptibles !

Jeanne d'Arc, dans ces murs, peuplés d'illustres morts,

J'aperçois ta sereine image ,

D'une fille de roi chaste et tardif hommage.

Est-ce assez, nobles francs, pour qui sauva nos bords!

Au sein d'un superbe cortége.

Son vain profanateur triomphe au panthéon.

Le temple que son ombre assiége

Bannit sa gloire sacrilége.

Aveugles instrumens de la destruction,

Sont-ce là les héros, protecteurs d'un empire!

Que t'importe, ô guerrière , une infâme satire!

Ton glaive écrase le démon.

Ces héros des partis néfastes ,

D'éclairs et de fange pétris,

Sur leur trône éphémère encensés ou flétris,

Revivront-ils seuls dans nos fastes ?

Ces princes de dentelle, aujourd'hui faits d'airain ,

Flattés par l'infidèle histoire ,

Ou ces fiers conquérans, pourprés de sang humain, ·

Sont-ils seuls dignes de mémoire
Et du triomphe souverain?

Dans leurs lâches apothéoses
On pare de myrte et de roses
Les scandaleux objets d'impudiques amours.
O leçons d'un grand peuple! ô pages glorieuses !
On élève en cent lieux dans leurs splendeurs honteuses
Les Diane et les Pompadours.
O honte! ô stupides risées !
Leurs images partout couvrent nos Colysées,
Et toi, Charlotte, et toi, ton ombre attend toujours !

Noble et belle Corday, ton courageux poète
Célébra ta sanglante fête
Et tomba, comme toi, sous le fer des bourreaux.
Couple vengeur ! saintes victimes !
Que ne puis-je vous suivre, ô troupes magnanimes,
Pour l'exemple des temps nouveaux !

Dans ces jours dégradés , où règne le mensonge,

Mon âme avec effroi, loin des vivans, se plonge

Aux aurores de vos tombeaux.

Un jour nos arches triomphales

S'ouvriront à la fois pour ces martyrs fameux.

De ses ruines sépulcrales

La France évoquera ses enfans généreux,

Ses gloires dans l'ombre étouffées.

Nos neveux salueront sur leurs mâles trophées,

Et l'héroïne de Beauvais,

Et la fille de Caën, d'un sang impur trempée,

Et la fière Sybille, à l'invincible épée,

Gloire des Francs , opprobre des Anglais.

A LA TERRE DES FRANCS.

A LA TERRE DES FRANCS.

O fille de Clovis, éblouissante Aurore,
Ton astre en feu guidait les générations.
Tu marchais aux accens de la cloche sonore,
    Semblable au brûlant météore.
Au secours, France, au secours! criaient les nations.

Où sont les jours de ta vaillance ?
L'hymne superbe du tambour
Ne répond plus dans sa puissance
Au bronze vibrant de la tour.
Écoute : au lieu des chants de guerre
Appris sur ta lèvre en courroux,
Les nations dans la poussière
Viennent mourir à tes genoux.

De tes bords, de tes monts, aux remparts de Solime,
Tes preux étincelans s'élançaient sous la croix,
Pareils aux fiers torrens emportés de la cîme
    A travers les vents et l'abîme ;
Ascalon triomphant illustrait leurs pavois.

    Du Jourdain les palmes divines
    Ornent les drapeaux invaincus.
    L'étendard royal de Bovines
    Prélude aux gloires de Fleurus.
    Unis dans ta course de flamme
    Les aigles à tes fleurs de lys

Et les rayons de l'oriflamme
Aux brillans faisceaux d'Austerlitz.

Des nations du Christ, ô toi, la sœur aînée,
Reine de l'Occident, reprends ton trône pur.
Relève avec orgueil ta tête couronnée
        Et rouvre ton aile enchaînée
Sous tes dieux de métal dans ton sommeil obscur.

Malheur à ces fausses idoles
D'or, d'argent, d'ivoire ou d'airain !
Malheur aux captieux symboles
Qui souillent ton sceau souverain !
Brise les funéraires voiles
Où Mammon veut t'ensevelir.
L'œil tourné vers d'autres étoiles
Marche, le front dans l'avenir.

L'aigle de ta pensée enflamme tes rivages;
Sois comme une auréole au milieu de tes sœurs.

L'Allemagne, en ses monts sillonnés de nuages,
    Palpite au feu de tes orages ;
La perfide Albion s'éclaire à tes lueurs.

    Rome, la cité magnifique ,
    Te légua son sceptre et ses lois ,
    Et Brennus, son glaive héroïque ,
    Gardien des braves Gaulois.
    Guerrière et civilisatrice ,
    Une double palme en ta main ,
    Ta bannière libératrice
    Sert de fanal au genre humain.

La première au combat, tu sonnas la première
Le réveil de l'Europe et de la liberté.
Vierge, ne change plus ta sublime lumière
    En une torche meurtrière ;
Ranime ta splendeur à sa vive clarté.

    Croisades , république , empire ,
    Font briller ton triple soleil.

La Victoire, à l'ardent délire,

T'emporte sur son char vermeil.

, France, terre antique et nouvelle,

Ta gloire, écrite en lettres d'or,

Étoile d'une ère immortelle,

Rayonne aux sommets du Thabor.

Tes poètes rêveurs énervent ton génie;

Inspire-leur des chants, dignes de tes vertus.

O Bardes, entonnons une mâle harmonie,

Écho de la harpe infinie :

Gloire aux Francs! gloire aux Francs! gloire aux fils de Brennus!

CHANT DE GUERRE.

CHANT DE GUERRE.

Si le tambour doit battre et si le sang arrose
    Les chemins de l'humanité !
Si le fer doit briller, grand Dieu! c'est pour ta cause,
    Pour la justice et pour la liberté !

Quand un barbare, assis sur des cendres sacrées,
    Insulte aux droits des nations ,
Et ferme insolemment ses sanglantes contrées
    A la clarté de tes rayons !

Seigneur, c'est quand un peuple, écrasé par ses maîtres,
　　Expire sous le fer vainqueur
Ou meurtri par la verge au sol de ses ancêtres,
　　Implore ton foudre vengeur !

Quand les tyrans, formant des ligues meurtrières,
　　Mettent au baillon leurs tribus
Et contre tes décrets élevant leurs barrières,
　　Effacent les droits des vaincus !

Si le jeune soldat, au cri de la trompette,
　　Doit se lever et tressaillir,
Seigneur, c'est quand il va, victorieux athlète,
　　Délivrer un peuple martyr !

Seigneur, c'est quand de Tyr les filles infidèles
　　Violent la foi des traités,
Et sur les longs revers des races fraternelles,
　　Bâtissent leurs félicités !

Quand un pouvoir avide, étendant ses conquêtes,
　　Se rit des bornes des climats ,
Et brûle d'engloutir dans ses sanglantes fêtes
　　L'indépendance des états !

Si la sainte pitié pour un temps doit se taire
　　Et céder au cri du clairon,
Seigneur, c'est quand un peuple, arrogant insulaire,
　　D'un grand peuple outrage le nom!

Seigneur, c'est quand l'insulte et les ignominies
　　Débordent sur un sol fameux;
C'est quand un peuple libre entend les ironies
　　Flageller son sein généreux !

C'est quand la paix du monde exige des victimes
　　Et du sang pour le rajeunir ;
C'est quand l'ordre sacré des destins légitimes
　　Livre aux armes son avenir !

Qu'il soit maudit, grand Dieu, celui dont l'indolence
     Hésite en ces jours décisifs !
Celui qui vient jeter son or dans la balance,
     Où pèsent les pleurs des captifs !

Maudit soit le tribun dont la voix criminelle
     Ose encore invoquer la paix !
Que son vœu soit maudit ! que sa langue infidèle
     Soit arrachée à son palais !

Qu'il soit maudit celui dont l'oreille frappée
     Entend sans palpiter d'espoir,
Et l'appel du tambour et le cri de l'épée
     Pour la vengeance ou le devoir !

Que l'enfant, que la femme en tressaillent d'ivresse
     Et fassent taire les douleurs !
Maudite soit, grand Dieu, celle dont la faiblesse
     Étouffe les nobles ardeurs !

Qu'il soit maudit celui qui poursuit son ouvrage
    Sans épouvante et sans remords,
Quand le salut humain penche vers son naufrage,
    Et qu'on entend la voix des morts !

Qu'il soit maudit celui qui voit d'un œil stérile
    Le triomphe odieux du mal !
Celui qui se réchauffe à son foyer d'argile
    A l'heure du sacré signal !

Qu'il soit maudit, grand Dieu, le chantre impur qui loue
    La trahison et le mépris !
Que de son luth brisé le flot amer se joue
    Comme d'un immonde débris !

Seigneur, qu'il soit maudit le monarque parjure
    Dont l'affront tache le manteau !
Que son trône broyé serve de sépulture
    Aux opprobres de son berceau !

Qu'il soit maudit le lâche, appui de l'injustice,
    Qui recule au cri du Seigneur !
Celui qui met la honte avant le sacrifice,
    Son intérêt avant l'honneur !

Maudit trois fois le traître, à la honte éclatante,
    Qui spécule sur le danger !
Celui dont l'infamie a placé son attente
    Dans les armes de l'étranger !

LES

FUNÉRAILLES DE NAPOLÉON

MYSTÈRE

4

LES

FUNÉRAILLES DE NAPOLÉON

—

Mystère

———◦◦◦———

SYMPHONIE FUNÈBRE.

Que l'airain balancé résonne aux flancs des tours.
Bronze, mêle ton foudre au tam-tam des tambours.

Battez, tambours de deuil, gémissantes cymbales;
    Unissez, harpes sépulcrales,
Les pompes de la gloire à celles du trépas.
Escortez du héros les cendres triomphales;
Sonnez, comme autrefois vous sonniez sur ses pas,

Trompettes martiales,
Dont la voix remplissait les échos d'ici-bas.

CHOEUR DU PEUPLE.

Salut ! toi qu'éclaira l'astre de la victoire,
Toi dont nous entourions le pavois radieux.
Ni l'exil ni la mort n'ont éteint ta mémoire,
Captif trois fois auguste et trois fois malheureux.
Proscrit, nous invoquons tes dépouilles sacrées
Dont le vaste Océan séparait notre amour ;
Fais rayonner encor nos rives éplorées
Des triomphes de ton retour.

CHOEUR DES SOLDATS.

Salut ! aigles de gloire, invincibles augures,
Vous dont le vol guidait nos fières légions.
Ossements que les flots berçaient de leurs murmures,
Tressaillez d'allégresse au cri de nos clairons.
Le héros immortel que l'univers célèbre
A l'ombre de nos murs dormira plein d'espoir.
Comme un triomphateur sur son trône funèbre
Notre demi-dieu va s'asseoir.

CHOEUR UNIVERSEL.

Gloire à Napoléon ! gloire au vainqueur du monde !
Semblable au météore, il sort du sein de l'onde
  Dans sa suprême majesté.
Un bruit mystérieux frissonne dans l'espace.
Les siècles palpitants se lèvent sur sa trace
  Du fond de leur éternité.
Chaque signal du bronze évoque un nom sublime,
Et, comme les échos de son règne orageux,
Les monuments géants de leur base à leur cime
  Murmurent des sons belliqueux.

CHOEURS DE LA COLONNE.

Par nos bouches d'airain, glorieuses conquêtes,
Par nos débris traînés à ses superbes fêtes
  Nous célébrons le dieu guerrier.
C'est nous qu'il a ravis dans les jours redoutables
Où son courroux foulait nos troupes innombrables
  Sous les sabots de son coursier.

Austerlitz, Marengo, Lodi, Wagram, Arcole,
Forment en traits ardents la magique auréole

De son trophée impérial.
De sa vaste épopée impérissable ouvrage,
Nous irons à jamais l'annoncer d'âge en âge
　　Dans notre appareil colossal.

O toi qui sur nos fronts planes dans ta puissance
Plus fameux que jadis en leur magnificence
　　Alexandre, Annibal, César,
Nous avons tressailli devant tes funérailles.
Nous venons saluer le héros des batailles
　　Couché sur son funèbre char.

CHOEURS DU LUXOR.

Ombres, inclinez-vous devant celui qui passe.
Les anges du désert ont éclairé sa face
　　Sur les tombes des Pharaon.
Terrible, environné de démons homicides,
Sa voix a conjuré les morts des Pyramides
　　Et les empires de Memnon.

C'est lui qui, dans Jaffa, gardé par les génies,
A travers les vapeurs des sombres agonies
　　Écartait la faux du typhus.

Le Thabor s'est courbé sous son brûlant passage,
Et les champs d'Aboukir, ruisselants de carnage,
   Roulent son nom jusqu'au Taurus.

Salut ! de l'occident messager magnifique,
Venais-tu nous porter le rayon prophétique
   Du phénix, enfant du soleil ?
Sésostris, Gengiskan, Cyrus, rois de l'aurore,
Accourent saluer ton sépulcre sonore
   Où l'aigle ombrage ton sommeil.

CHŒURS DE L'ARC DE TRIOMPHE.

Gloire à notre empereur ! au père des armées !
C'est lui dont nous suivions les aigles emflammées
   Aux deux pôles de l'univers.
Des Alpes à Memphis, du Nil au Borysthène,
Nos bronzes, labourant sa glorieuse arène,
   Franchissaient la terre et les mers.

Le chœur de ses héros, rayonnant d'allégresse,
Tel qu'il environnait sa course vengeresse,
   Escorte son dais souverain.
Libre, sa Cendre a fui les fers de l'Angleterre.

Qu'elle dorme à jamais sur sa royale terre
    Auprès de son arc surhumain.

Gloire à notre empereur ! Dans la Rome nouvelle
Nos marbres suspendront son ère solennelle
    Aux yeux des fils de l'avenir.
Masséna, Kellermann, Lannes, Kléber, Cambronne,
Etoiles de l'honneur, fleurons de sa couronne,
    Dans son ciel viennent resplendir.

LES GÉNIES DE LA GUERRE.

Corse au bras indompté, de l'ivresse guerrière
    Nous enflammions ses premiers jeux.
Nous avons ceint ses pieds de l'aile meurtrière
    Et mis notre éclair dans ses yeux.
Ministre de nos coups, à travers la mêlée
    Il dévorait les tourbillons.
Son étoile apparut, comète échevelée,
    Sur l'étendard des bataillons.

LES GÉNIES DE L'AVENIR.

Tu vins comme César, Tamerlan, Charlemagne,
    Accomplir ton œuvre ici-bas.

Le maître t'envoya ton aigle, pour compagne;
    A tes pieds siégeait le trépas.
Tu vins de l'avenir renouveler les voies,
    Comme Alcide fendre les monts,
Et faire tressaillir les royaumes, tes proies,
    Sous les foudres de tes démons.

Aux noms fameux écrits sur l'effrayante page,
    Tu joignis un nom plus fameux :
Roi lié par les rois sur ton rocher sauvage
    Comme le Titan par les dieux.
Vainement ton orgueil méconnut ton message
    Et nia ta suprème loi ;
Tu combattis pour elle, ô Titan de notre âge,
    En croyant combattre pour toi.

Dans les sillons du temps tu jetas tes conquêtes
    Comme le soc du genre humain.
Tes canons traversant les peuples, fiers athlètes,
    Leur ouvraient un libre chemin.
Soldat, tu préparais par le fer et la flamme
    La future fraternité,
Et des siècles géants agitant l'oriflamme,
    Tu retrempais l'humanité.

LES GÉNIES DE L'HISTOIRE.[1]

Redoutables esprits de l'inflexible histoire ,
    Au jour de l'éternel repos
Nous pesons sans pitié les erreurs et la gloire,
    Et la poussière du héros.
Les signes du forfait et de la tyrannie
    Ont souillé son front valeureux,
Et l'ombre du vertige a couvert son génie
    Éteint sous un ciel ténébreux.

L'ANGE DE LA MORT.

O toi que j'ai frappé sur ta plage livide
    Dans l'angoisse de la douleur,
Seul, j'ai vu ruisseler de ta paupière humide
    La morne larme du malheur.
Je reviens assister à tes pompes funèbres
    Dans le deuil d'un tardif retour.
Je descendis naguère en d'épaisses ténèbres
    Au sein de ton affreux séjour.
Ton front pâle, où brillait ta splendeur éclipsée,
    Luttait contre mes traits amers,

Et ton orgueil suivait l'écho de ta pensée
 Dans les gémissements des mers.
J'errais silencieux au milieu des nuages
 Dont l'ombre s'abaissait sur toi.
Le Très-Haut m'entoura du typhus des orages
 Pour te vaincre, ô superbe roi !
De l'aveugle destin, qu'adorait ton audace,
 Tu voyais tomber le bandeau,
Et le jour inconnu dont j'éclaire ma trace
 T'illuminer de son flambeau.
Tes regards, sillonnés de lugubres empreintes,
 Cherchaient l'image de ton fils.
Hélas ! dans les terreurs de mes froides étreintes
 Je te montrais le crucifix.
Puisse le faix cruel de ta longue souffrance
 Adoucir le juge irrité,
Et les pleurs de l'exil peser dans la balance
 Où descend ton éternité !

LE GÉNIE DE LA GAULE.

Toi dont les pèlerins allaient baiser le saule,
 Où vit la honte d'Albion,
Viens dormir parmi nous dans les flancs de la Gaule,
 O cendre de Napoléon !

Glorieux, qu'il domine entre mes vieux trophées,
    De mon sein l'enfant adoptif.
Que devant son cercueil les haines étouffées
    Se taisent : salut au captif !
Levez-vous, nobles fils des races belliqueuses,
    Faites cortége à l'empereur :
Héros qu'il surpassa dans ses routes fameuses,
    Sacrez sa funèbre grandeur.
Géant qui lui léguas ton aigle souveraine,
    Sors de ton auguste sommeil.
Fiers preux qu'il honora dans le brave Turenne *,
    Honorez le preux sans pareil.
Victorieux tribuns dont les combats sublimes
    Ressuscitaient le sol natal,
Mêlez votre phalange aux gloires magnanimes
    Du firmament impérial.
Si son sceptre, oubliant sa source populaire,
    Foula les enfans de Clovis,
Si l'erreur l'emporta sur son roc solitaire
    Dans ses désirs inassouvis,
Son nom règne entouré de bienfaits mémorables
    A l'ombre du saint labarum.
Ses os reposeront sous mes arcs vénérables
    Comme un sacré palladium.

* Napoléon a fait rendre les honneurs funèbres aux restes de ce héros.

CHANT DU POËTE.

Aux jours où la France ternie
Penche sur son trône tremblant,
Quand son magnanime génie
Se voile sous l'affront sanglant,
Que ton sublime aspect m'inspire !
Montre à tes pâles héritiers
Et la gloire de ton empire,
Et les rayons de tes lauriers.

Si jamais des tribuns avides
Souillaient le manteau du pouvoir,
Si jamais des maîtres stupides
Sur ton trophée osaient s'asseoir,
Nous rappellerions à ces maîtres
Austerlitz ou Fontainebleau.
Anathème au parjure, aux traîtres,
Artisans de nos Waterloo.

Si jamais les ligues affreuses,
Dont ta mort scella les fureurs,
Contre tes Gaules généreuses
Armaient les tyrans destructeurs,

Nos lyres dans tes feux trempées
Résonneraient comme un clairon.
Nous aiguiserions nos épées
Sur ta tombe, ô Napoléon !

CHOEUR DU PEUPLE.

Ombre de l'empereur, protége ce rivage
    Contre les insultes des rois.
Qu'il tremble l'étranger devant la grande image
Du héros dont la France élève le pavois !
Le peuple, qu'a meurtri ta verge ingrate et dure,
Se souvient de tes dons et de tes longs revers,
Et la patrie en deuil orne ta sépulture
    Des conquêtes de l'univers.

CHOEUR DES ARMÉES.

Ouvrez-vous, ouvrez-vous, arches des Invalides !
Ombragez l'Empereur de vos sacrés drapeaux,
    Et d'Arcole et des Pyramides
Autour de son cercueil suspendons les faisceaux.
    Les vétérans des vaillantes armées
Et les jeunes soldats, épris de leurs exploits,
Verront au milieu d'eux ces cendres bien-aimées
    Féconder notre sol gaulois.

CHOEUR UNIVERSEL.

Sur ta couche funèbre, ô monarque des âges,
    Dans leurs lointains pèlerinages
Les générations courberont les genoux.
O bardes ! saisissez vos harpes solennelles.
Des échos de son nom les vagues éternelles
    Remplacent l'Océan jaloux.
Peuples, rassemblez-vous sur son marbre sonore.
Ils viennent du couchant, du midi, de l'aurore,
    Des lieux qu'éveilla son courroux.
L'enfant de l'Amérique y porte ses offrandes
    Et mêle ses guirlandes
Aux fleurs de son laurier par le temps reverdi.
Le kalmouk en extase y frappe sa poitrine,
Et l'Africain révère en cette autre Médine
    La tombe de Bounaberdi.

SYMPHONIE FUNÈBRE.

Battez, tambours de deuil, gémissantes cymbales ;
    Unissez, foudres sépulcrales,
Les pompes de la gloire à celles du trépas.

Saluez du héros les cendres triomphales;

Sonnez, comme autrefois vous sonniez sur ses pas,

    Trompettes martiales,

Dont la voix remplissait les échos d'ici-bas.

LE ROI DE ROME

ET

HENRI DE BOURBON.

LE ROI DE ROME

ET

HENRI DE BOURBON.

Un tourbillon courait sur les flancs de la terre.
A travers les débris des trônes en poussière
    Ces deux voix passaient tour à tour,
Et le vent orageux, parmi les cris, les rires,
Portait ces deux échos des antiques empires
    Dans les ruines d'alentour.

PREMIÈRE VOIX.

Aux éclairs d'une nuit affreuse,
Jeté dans un sanglant berceau,
Je vis mon aube radieuse
Entre le trône et le tombeau.
D'une race deux fois proscrite
Je subis le destin fatal.
Innocent, ma vie est maudite ;
L'exil courbe mon front royal.

DEUXIÈME VOIX.

Je naquis entouré de la grandeur suprême ;
La gloire m'annonça par le chant du canon.
Je fus ceint en naissant d'un brillant diadème,
Et des rois étrangers la cour est ma prison.
Les cris d'un peuple ardent, ravi de mon image,
Me saluaient en chœur dans les bras paternels ;
Je n'ai rien recueilli de mon noble héritage
Que le poids d'un grand nom et des fers éternels.

PREMIÈRE VOIX.

Nouveau Joas, la destinée
M'ouvrait un magique avenir ;
La foule, à mes pieds prosternée,
Chantait l'enfant du roi martyr.
Les flatteurs aux lyres d'ivoire
Prédisaient mes jours glorieux ;
Mais j'achève la sombre histoire
Écrite au sang de mes aïeux.

DEUXIÈME VOIX.

Dans ces mornes palais, tombeau de ma jeunesse,
J'évoque nuit et jour les mânes du héros.
Ses fastes merveilleux, dont je rêvais l'ivresse,
Parfois comme un éclair m'apportent leurs échos.
Roi captif et banni, je frémis et je pleure
En regardant ces murs à l'aspect sépulcral.
Heureux celui qui naît dans une humble demeure
Et peut errer en paix sous le soleil natal !

PREMIÈRE VOIX.

Salut, ô manoirs solitaires !
Des vieux rois le pâle héritier
Sous vos arcades séculaires
Cherche un asile hospitalier.
Holyrood ! dans vos ténèbres
Le passé s'offre à mes regards.
Un tissu de malheurs funèbres
Unit les Bourbons aux Stuarts.

DEUXIÈME VOIX.

Peuples qui m'adoriez tout enfant dans mes langes,
Avez-vous oublié le fils de l'empereur ?
Mon nom, que proclamaient vos vaillantes phalanges,
Ne vous touche-t-il pas au jour de mon malheur ?
Mon père, abandonné dans ses cruelles chaînes,
Est mort sur un rocher en appelant son fils ;
Et moi, qu'on arracha de ses mains souveraines,
Dois-je mourir, hélas ! sans revoir mon pays ?

PREMIÈRE VOIX.

Héros dont je tiens la naissance,
Dictez-moi vos pieuses lois!
Les leçons de la Providence
Sont le livre austère des rois.
Plage d'où le malheur m'exile·
Loin du trône de saint Louis,
Daigne me garder un asile
Dans les tombeaux de Saint-Denis.

DEUXIÈME VOIX.

Semblable à ce martyr qu'un effroyable crime
Enferma pour jamais sous un masque de fer,
A tous les yeux caché, malheureuse victime,
Je languis, inconnu, dans mon exil amer.
Schœnbrunn, est-ce un vain songe offert à mon courage?
Dans mon triste sommeil, d'angoisse dévoré,
L'empereur m'apparut au milieu d'un nuage :
O mon fils! m'a-t-il dit, tu seras délivré.

Mais le soir étouffa la voix impériale ;

Schœnbrunn ensevelit sous sa funèbre dalle

    Le dernier des Napoléon ,

Et frêle descendant d'une race déchue,

L'enfant d'Holyrood, sous une sombre nue,

    Errait de Rome au vieux Strummon *.

* Ancien nom d'une des principales montagnes d'Écosse.

Chant de Ténèbres.

CHANT DE TÉNÈBRES.

———◦◦◦———

STROPHE.

CHŒUR DES PEUPLES.

Coulez, larmes de sang! répandez vos fontaines!
   Nous touchons à nos derniers jours.
   De nos destins les coupes pleines
   Tarissent soudain dans leur cours.
  Ainsi la mer tarit ses vastes ondes
   Sous les pas du roi Pharaon.
Notre cendre, mêlée aux cendres des vieux mondes,
Engraissera le sol de son obscur limon.

Aux grandes races englouties

Nos races en déclin se joindront à jamais.

De nos cités anéanties

L'orage emportera les superbes palais.

Nous périrons comme Gomorrhe,

Comme Tyr, Babylone, et Carthage, et Memphis.

Notre propre vieillesse en nos flancs nous dévore;

Nos pères ont creusé la tombe de leurs fils.

Dans les champs de la sépulture

Des ossemens pressés s'élèvent les amas.

Les crimes de l'histoire ont comblé la mesure.

Les vivans desséchés volent vers le trépas.

Un concert de plaintes funèbres

Se mêle aux tourbillons des fléaux désastreux.

Sur nous, comme un linceul, s'amassent les ténèbres.

Pourquoi vivre et mourir dans ces jours malheureux !

ANTI-STROPHE.

CHŒUR DES PRÊTRES.

Un voile s'étend au Calvaire.

L'autel tremble en son sanctuaire.

Dieu se cache à l'œil consterné.

Le soleil du juste s'éclipse.

Des flancs du sombre Apocalypse

Un nouvel Évangile est né.

Sur le livre de sang des visions sinistres

Brisent le sceau d'Ézéchiel.

Voici venir les jours annoncés par Joël.

De la destruction les terribles ministres

Se lèvent devant l'Éternel.

Les portes de l'enfer se rouvrent d'elles-mêmes.

La triste voix des anathèmes

Frappe de toutes parts le monde épouvanté.

Le Christ sort menaçant de sa funèbre couche ;

Au-dessus du chaos, un glaive dans sa bouche,

Il se montre à l'humanité.

Où courent ces races altières

Dans les orbes sanglans des révolutions ?

Les cloches saintes des prières
Appellent au combat les générations;
Elles ont rompu leurs barrières.

Au bruit du fer et de l'airain
Toute chair se révolte et crie,
Et comme un coursier en furie
L'esprit a renversé son frein.

ÉPODE.

CHŒUR DES SAGES.

Saturne a détaché les chaînes éternelles
  Du monde errant vers un pôle nouveau.
L'antique Némésis fait peser son fléau
  Sur le front des races mortelles.
Le char du Zodiaque incline dans la nuit.
Où marchons-nous? dans l'ombre aucun fanal ne luit.

PREMIER SAGE.

La chaîne des destins est brisée avant l'heure.
Des temps écrits l'homme a franchi les lois.

DEUXIÈME SAGE.

Vol imprudent ! l'axe de sa demeure
Roule au hasard sur les débris des rois.

CHŒUR DES SAGES.

Où va-t-il ? insensé ! comète vagabonde,
Son esprit, emporté vers des cieux inconnus,
Dans le chaos du monde
Ne sait où reposer ses orbes éperdus.

TROISIÈME SAGE.

Les vieux sphinx sont muets comme les aruspices.

QUATRIÈME SAGE.

Des expiations les temples sont rouverts.

CHŒUR DES SAGES.

Que de pleurs, que de sang! combien de sacrifices
   Rendront la paix à l'univers!

UNE VOIX.

Les siècles vont périr, frappés du doigt suprême;
   Ils fléchissent sous leur fardeau.
Des oracles anciens rappelez-vous l'emblème.
Le monde est le phénix; il se brûle lui-même
   Pour sortir vainqueur du tombeau.

LE RAPSODE TOSCAN

ou

LE CHANT DE RIENTZI.

LE RAPSODE TOSCAN

ou

LE CHANT DE RIENTZI [3].

Sur la rive embaumée où la Durance coule,
Un pèlerin passait, escorté par la foule.
Ses noirs cheveux touffus et son teint basané
Offraient d'un astre ardent le sceau prédestiné.
Arraché par l'exil à sa terre natale,
Dont l'étranger souillait la pourpre impériale,
Il implorait sa vie au nom des chants divins
Qu'il avait emportés des rivages latins.
Le Toscan, qu'exaltait sa vibrante mandore,
Traduisait leur langage et leur rhythme sonore.

Son espoir le guidait vers nos bords fraternels
Où tous ses dieux bannis conservaient des autels.
Semblable aux chantres saints, rapsodes homériques,
Dont la Grèce accueillait les récits héroïques
Et parait de lauriers les luths harmonieux,
Il redisait les vers d'un barde aimé des cieux.

Il disait, et sa voix brûlait de son génie,
Les combats des chrétiens, Olinde et Sophronie
Sur un même bûcher, par un sublime effort,
Se disputant l'honneur du crime et de la mort ;
Le fier Renaud, vaincu par les charmes d'Armide,
Enchaîné dans les bois de son Éden perfide,
Sa honte et sa douleur, son réveil généreux,
Quand l'austère miroir fut offert à ses yeux ;
La forêt enchantée et les sombres mystères
Évoqués par Ismen dans ses flancs solitaires,
Des spectres, des dragons les funèbres abois,
Les arbres animés d'une plaintive voix ,
Et Clorinde accusant sous un vivant feuillage
De Tancrède éperdu le barbare courage,

Et mille enchantemens terribles ou flatteurs
Dont le Tasse embellit ses tableaux séducteurs.

Mais la foule écoutait d'une oreille distraite
Les récits merveilleux, hymnes purs du poëte,
Et semblait dédaigner leurs accords inconnus
Dont le sens se perdait à ses esprits confus.
Les concerts du Toscan, fils des lyres latines,
Ne touchaient point ces cœurs, sourds aux muses divines.
De loin en loin à peine une vague chanson
Des célestes échos leur apportait le son.
On riait de ces chants dans un amer délire,
Et des bardes sans honte avaient ri de leur lyre.

Le rapsode attristé tente un nouvel effort ;
Du poëte chrétien il raconte la mort.

LA MORT DU TASSE.

Le triomphe a sonné : l'antique Capitole
Rayonne de festons, de fleurs et de lauriers.

Muse , contemple ton idole.

Ton amant bien aimé va ceindre l'auréole

Dont Rome couronnait la splendeur des guerriers.

Gloire à lui ! Torquato, le chantre de Solyme

Doit monter éclatant au char des demi-dieux.

Les chœurs d'un peuple magnanime

Font retentir son nom dans l'ivresse unanime.

L'élu du Christ bénit ces apprêts radieux.

O triomphe tardif ! ô pompe sépulcrale !

Le Tasse est étendu sur un lit de douleurs.

La mort erre sur son front pâle.

Préparez un linceul pour robe triomphale,

A-t-il dit épuisé sous le faix des malheurs.

Illustre Torquato, Rome au loin te rappelle.

Hélas ! il n'entend plus et referme les yeux.

Du laurier l'ombre solennelle

Couvre un front insensible à la gloire mortelle ;

Le martyr a reçu sa palme dans les cieux.

Tel se ride un marais qu'un coup de vent sillonne,
Et reprend aussitôt son calme monotone.
Ainsi la foule, émue à ce chant de douleur,
Reprend bientôt son calme et sa morne torpeur.
Les triomphes sont loin de ces ères flétries.
Nul éclair ne jaillit de nos gloires taries.
Naguère un empereur, plus fameux que César,
Martyr et couronné, sur son funèbre char,
Rentra dans les parvis de sa chère Lutèce.
Jamais héros plus grand dans Rome ou dans la Grèce!
De son morne convoi le stérile appareil
Ne put tirer, hélas ! ce peuple du sommeil.
Déchu, vassal de l'or, du joug de la défaite,
Il contempla muet cette lugubre fête.

Le rapsode, saisi de douloureux transports,
L'œil en feu, le cœur plein du démon des accords,
Conjure palpitant de plus mâles images
Et les grands souvenirs, frères de ces rivages.

LE CHANT DE RIENTZI.

Romains, réveillez-vous! cité du peuple roi,
Berceau de Romulus, immortelles collines,
    Remparts sacrés, grandes ruines,
Vieux cirque des martyrs, Rome, réveille-toi!

Reine esclave, à jamais romps tes liens funèbres.
Siècles ensevelis aú sol du Latium,
    Sortez de vos ténèbres!
Arches du Colysée, invincible forum,
    Rouvrez vos urnes cinéraires.
Ombres, d'un saint courroux rallumez les flambeaux!
    Chassez les pompes sanguinaires
Des lâches héritiers assis sur vos tombeaux.

Pères dont nous foulons les cendres héroïques,
De la liberté vierge augustes fondateurs,

Brutus, astres jumeaux de ces lieux rédempteurs,
    Rendez-nous vos ardeurs civiques.
Demi-dieux dont le marbre illumine ces murs,
Des Gracques, des Scipion familles magnanimes,
    Inspirez-nous ! sous leurs palais impurs
Écrasez les marchands des dépouilles opimes,
De vos noms vénérés profanateurs obscurs.

Romains, réveillez-vous ! d'une race avilie
    Brisez les fers lourds à vos flancs.
Vous êtes, ô Romains, les fils de Cornélie.
    Souffrirez-vous vos maîtres ruisselans
    Des trésors que leur main profane ?
Osent-ils se parer de leurs butins sanglans
    Devant la colonne Trajane !

Troupeaux toujours courbés sous leur verge d'airain,
    Nourris de leurs fourbes iniques,
Osez vous dégrader vos titres magnifiques?
Venez vous reconnaître au forum souverain.

De votre histoire au loin contemplez les annales
    Que la peur cachait à vos yeux.
Elles vivent : Voyez ces pages triomphales,
    Ces saints débris, ces ombres colossales;
      Rome est là, ce sont vos aïeux !

Romains, reconnaissez les vainqueurs de la terre,
Les vengeurs du pays, les héros de la croix.
    Plus grands sous leur noble poussière,
Ils sont encor debout : levez-vous à leur voix !
Du haut de l'Aventin vous appellent leurs ombres.
    Leur souffle anime ces décombres.
Leur sang coule en vos cœurs que leur nom doit remplir.
Enfans dégénérés d'une race divine,
Vous portez sur vos fronts la superbe origine
    Et du héros et du martyr.

L'auréole de gloire entoure encor leurs têtes.
Vous foulez des vainqueurs les civiques chemins.
Les rois étaient traînés en captifs à vos fêtes.
Les peuples s'asseyaient libres à vos festins.

Mais les martyrs aux catacombes
Scellent vos droits sur le marbre des tombes,
 Sublimes triomphateurs!
Dans le sang plébéien l'avenir se féconde.
Voyez le Vatican, nouveau trône du monde,
 Ouvrage de douze pêcheurs.

Romains, réveillez-vous! immortelles collines,
Berceau de Romulus, cité du peuple roi,
 Remparts sacrés, grandes ruines,
Vieux cirque des martyrs, Rome, réveille-toi!

Le chantre s'arrêta; son muet auditoire
Ne pouvait s'élever à cette antique histoire.
Il avait oublié dans ses obscurs travaux
Ses propres jours fameux, ses airs nationaux.
Ces accens, jadis pleins d'une éloquente image,
N'en obtinrent pas même un murmure, un hommage.
« O ma chère patrie! ô sol sacré des morts!
Des fers non moins pesans avilissent ces bords.

Comme leurs souvenirs les muses sont proscrites.

La foi n'anime plus ces races décrépites. »

Le rapsode, à ces mots poussant un long soupir,

Voit le soleil baisser et les rangs s'éclaircir.

. . . .

. . . .

Des pleurs mouillent ses yeux et de vains épigrammes

Il amuse ce peuple et ses fils et ses femmes.

Il transforme la pourpre en burlesque manteau

Et change son luth d'or pour l'archet du tréteau.

Alors autour de lui pleuvent maintes oboles.

Le ris stupide éclate et les groupes frivoles

Jettent avidement les dons injurieux

Qu'ils avaient refusés à son chant glorieux.

CHANT LYRIQUE.

CHANT LYRIQUE.

Poëtes, serons-nous pareils aux corybantes
 Frappant en vain sur leur noir bouclier?

Arrachons d'autres chants à nos lyres brûlantes.
 Que leurs cordes sanglantes
Dans l'oubli des mortels sonnent retentissantes
 Comme un tocsin ou le fer meurtrier.

Sous vos lambris dorés, du vin de la fortune
Enivrez-vous, mortels semblables à des dieux!
Mais non! l'ivresse a fui votre coupe importune
Comme de votre cœur le souvenir des cieux.

Où sont, vengeurs des Grecs, vos transports, vos victoires,
Vos triomphes chantés par les bardes rivaux,
Les jours dont vos martyrs prophétisaient les gloires?
Mais où donc est la Grèce et vos soleils si beaux?

Êtes vous les enfans du divin Charlemagne
Et connaissez-vous bien vos antiques pavois?
Vos symboles fameux, que la gloire accompagne,
Vous semblent de vains noms comme le coq gaulois.

Du chêne aimé des Francs, couronne héréditaire,
Vous dédaignez l'emblème ainsi que les vertus.
Le sceau religieux, le pavois populaire
Ne viennent plus sacrer vos monarques déchus.

Le Therme est le seul dieu de votre loi grossière.
Esclaves qui croyez vos destins affranchis,
Aveugles dont les yeux pensent voir la lumière,
Brisez les coupes d'or sur vos cercueils blanchis.

Quoi! n'entendez-vous pas, lamentables fanfares,
Ces sanglots répétés par l'écho du saint lieu?
Écoutez! c'est Sion, captive des barbares.
C'est la cité du Christ, tombeau de votre Dieu.

Aux armes! fils des Francs! Solyme nous appelle.
Des vainqueurs d'Ascalon je revois le drapeau.
—Non, l'Anglais pour les Turcs va soumettre un rebelle.
Que nous importe à nous le Christ et son tombeau?

Arrachons d'autres chants à nos lyres brûlantes
Changeons leurs cordes d'or en des cordes d'acier.
Que ces cordes sanglantes
Dans l'oubli des mortels sonnent retentissantes
Comme un tocsin ou le fer meurtrier.

Qu'importe l'avenir et Beïrouth en cendre?
Anathème au blasphémateur!

De ce sang qu'à leur gré les rois viennent répandre,
Chaque goutte a crié vers l'autel du Seigneur.

    Chaque goutte aura son vengeur.

Seuls, resterez-vous sourds, ô mortels sans courage?

    En vain vous chasseriez l'image
Des spectres gémissans sur votre noir rivage.
Varsovie au sépulcre et l'Italie aux fers

    Répondent aux cris de l'Irlande.
Des autels de la paix est-ce l'horrible offrande?
Ah! vos stériles vœux sont des mépris amers.

    Mais vos victimes désolées

    S'échappent de leurs mausolées
Et se plaignent la nuit autour des Panthéons.

    Les fantômes des suicides,
Holocaustes fatals de ces jours homicides,
Se lèvent à la fois en murmurant leurs noms.

Des prières! des chants! un glaive! —O nuit profonde!
Dorment-ils les élus de la lyre féconde

Dont les accens soufflaient ou la gloire ou l'amour?

    Qu'ils viennent les fils de Tyrtée!

    Un luth, une croix, une épée!

Mais les luths impuissans se brisent à leur tour.

Poëtes, serons-nous pareils aux corybantes

    Frappant en vain sur leur noir bouclier?

Arrachons d'autres chants à nos lyres brûlantes.

    Que leurs cordes sanglantes

Dans l'oubli des mortels sonnent retentissantes

    Comme un tocsin ou le fer meurtrier.

Frères, de vos douleurs j'ai souffert, jeune encore.

J'ai chanté, j'ai souffert et je marche au combat.

Il est doux de mourir pour le Dieu qu'on adore,

Et du peuple et de Dieu le poëte est soldat.

Qu'importe à l'innocent ou misère ou supplice !
Honte à qui vend sa foi pour un collier doré.
Un cœur noble préfère au trône impur du vice
La couche de Gilbert ou l'échafaud d'André.

Il est beau de combattre et de mourir en brave.
Il est encor plus beau de vivre libre et pur.
Plutôt l'exil, la mort, que de vivre en esclave
Sous des nœuds flétrissans dans un limon obscur.

Quand l'opulent avare au cercueil va descendre,
A quoi lui sert son or ou l'encens du plaisir ?
Mais du juste immolé des pleurs baignent la cendre ;
Sa tombe est un autel pour les jours à venir.

Laisserez-vous périr en vos âmes serviles
Les divins sentimens d'honneur, de liberté !
Au joug des passions offrant vos cœurs débiles,
Leur sacrifirez-vous la sainte vérité ?

Souvenez-vous du sang des martyrs et des sages
Traînés dans les prisons, frappés par les bourreaux.
Ils conquéraient pour vous d'immortels héritages.
Leurs croix vous ont légué vos plus nobles flambeaux.

Ah! s'ils eussent porté votre chaîne adultère
Et ménagé leur paix devant d'iniques lois,
Dites, que seriez-vous? hâves, bêchant la terre,
Ilotes et pareils aux habitans des bois.

.

Comment sanctifier le berceau de vos filles,
Si vous ne respectez la loi du Créateur?
Les amours vertueux unissent les familles
Que divise à jamais l'intérêt corrupteur.

Quoi! vivre pour de l'or! ô misérable vie!
Mépris honteux de l'âme enchaînée au métal.
L'or sans la charité n'est qu'une idole impie.
La vengeance de Dieu suit un peuple vénal.

.

Des danses, des festins, des concerts, des parures,
Et des jeux d'histrions, lâches emplois des jours !
La main du temps flétrit vos guirlandes impures,
Même avant que la mort éteigne vos amours.

Grossières voluptés ! votre coupe trompeuse
Cache le noir dégoût sous ses enivremens.
Pourraient-ils approcher de l'extase pieuse
Dont la beauté suprême enchante ses amans ?

Insensé qui se livre à des plaisirs frivoles !
L'homme vit pour la gloire et pour l'humanité,
Non pour ravir de l'or ou flatter des idoles.
Sa route est un chemin à l'immortalité.

Gloire au soldat vengeur qui meurt pour sa patrie !
Des lauriers vénérés décorent son tombeau.
Souffrir pour la justice, ô sort digne d'envie !
Mais mourir pour qui souffre, ô triomphe plus beau !

La Décadence des Peuples.

LA DÉCADENCE DES PEUPLES.

Peuples , malheur à vous! fils de l'intelligence ,
Si vous suivez la voix des prophètes menteurs.
    Ils blasphèment la Providence
Pour encenser vos dieux aux poisons corrupteurs.
Craignez de ressembler aux races en démence
    Des soleils destructeurs.

Interrogez les sphinx des villes englouties,
Ces empires déserts par la mort habités.
Leurs grandeurs sont anéanties
Et les peuples captifs dorment à leurs côtés.
Dieu frappa tour à tour ces tribus perverties
Dans leurs iniquités.

Voyez Venise éteinte au sein des saturnales
Où le sceau du trépas scella son livre d'or,
Rome en ses pompes sépulcrales,
Gênes, reine des eaux, veuve de son trésor,
Et Florence maudite en ses fureurs vénales
Aux autels de Péor.

Vous deviendrez pareils à ces reines déchues
Que l'étranger barbare outrage dans les fers.
Vos arches de bronze abattues
Serviront de jouet à la vague des mers,
Et la dérision montrera leurs statues
Pleurant sur vos revers.

Ceints de honteux fleurons, en vos impures fêtes,
Ivres, vous danserez aux chants de la terreur.

    L'oubli descendra sur vos têtes,
L'oubli, dernier degré d'infamie et d'horreur.
Comme les insensés vous rirez des prophètes
       Sous la faux du malheur.

Le trafic s'asseoira dans vos temples de gloire,
Et vos arts tomberont aux jeux des baladins.

    Lâches marchands de votre histoire,
Vous en prostitûrez les insignes divins.
Vos femmes se vendront comme aux jours dérisoires
       Des âges bysantins.

Mais vos crimes sans nombre ont surpassé leurs crimes.
L'océan de vos maux surpassera leurs maux.

    Des portes des profonds abîmes
Vous avez déchaîné les monstres infernaux.
Malheur ! vous deviendrez les stériles victimes
       De vos propres fléaux.

Voyez-vous accourir cette hydre furieuse,
De sa crinière en sang secouant des brandons.
    Dragon, sirène monstrueuse,
Quel vampire la suit parmi ces tourbillons?
Ils plongent à la fois d'une aile audacieuse
      Au cœur des nations.

Cités, renversez-vous! sous leurs torches cruelles
Éclatent le désastre et les gémissemens.
    Soufflez, vengeances éternelles!
Les siècles sont en proie à leur égaremens.
Temples, vous croulerez par leurs mains criminelles
      Dans ces embrasemens.

Des trônes submergés les ruines funèbres
S'abîment; noir tocsin, hurle au flanc de la tour.
    Typhon glisse dans les ténèbres.
Le chariot guerrier gronde au bruit du tambour
Et le meurtre s'abat sur les dômes célèbres
      Comme un affreux vautour.

Où fuiront les humains à travers ces naufrages!
Leur raison s'est perdue en son superbe orgueil.
 Malheureux! ils se croyaient sages,
Et leur terre est changée en un vaste cercueil.
Soleil, ne brille plus sur ces mornes rivages
  Qu'enveloppe le deuil.

Des héritiers de Cham imitant la folie,
Ils voudront sous leur sceptre embrasser l'univers.
 Rois de la nature asservie,
Ils voleront au loin sur le char des éclairs.
Mais ils multiplîront dans leur âme flétrie
  Les tourmens des enfers.

Femmes, poussez des cris! que la mamelle aride
Se dessèche d'effroi! hurlez, douleurs sans fond!
 Terre, du néant et du vide
Les spectres désolés sous tes cieux s'étendront.
Malheur à vous, mortels! la flamme déicide
  Consume votre front.

Les peuples décimés, sur leurs débris coupables,

Se maudissent sanglans dans un lugubre adieu.

Grâce, fléaux inexorables!

Suspends tes traits vengeurs, ô justice de Dieu!

Épargne à l'avenir les signes redoutables

Et du fer et du feu.

NOTA. Les chants prophétiques, qui peuvent être regardés comme le complément des chants nationaux, ont été placés à la fin du volume.

STELLA SACRA.

Viens, brille sur ma tête, étoile magnifique
  Du poëte et du pèlerin.
Toi qui guidais le mage au berceau prophétique,
Conduis-moi loin des bruits de cet âge impudique
  Insensible au concert divin.
Viens, brille sur ma tête, étoile magnifique.

L'ANGE DE LA POÉSIE.

L'ANGE DE LA POÉSIE.

A M. LE COMTE ALFRED DE VIGNY.

Un séraphin à la blanche ligure
M'est apparu couronné de splendeur.
Son vol formait un ravissant murmure ;
Ses yeux brillaient d'une ineffable ardeur.
Dans tous ses traits éclate un saint délire.
Sa main parcourt un magique instrument.
Moins belle aux cieux nous éblouit la lyre
Dont les concerts meuvent le firmament.

Fils de l'esprit, chante sa voix divine
Unie aux sons du théorbe inspiré,
Écoute-moi, si ta noble origine
Palpite encore en ton sein dévoré.
Je ravis l'homme à son ombre grossière.
Le pur amour module mes accords.
Tout chaste espoir s'embrase à ma lumière,
Et je nourris les sublimes transports.

Dans les splendeurs des célestes phalanges,
Au pied du trône où règne Jéhova,
J'épanche à flots sur les chœurs des archanges
L'hymne enflammé dont l'ardeur m'enivra.
Miroir brûlant de l'essence éternelle,
J'en réfléchis l'harmonieuse loi.
Je la soupire à la langue mortelle,
Et je descends sur l'aile de la foi.

Ma harpe sainte est le clavier sonore
Où retentit le chant de l'univers.

Je me revels des couleurs de l'aurore
Et me suspends sur l'écume des mers.
J'éclaire au loin les voûtes souterraines
Où l'escarboucle allume son miroir,
Et des sept cieux, roulant dans leurs domaines,
Le vaste accord s'anime à mon pouvoir.

Je fais vibrer le clairon de l'histoire
Pour célébrer les héros immortels,
Et les plaçant sur le char de la gloire,
Je les élève au marbre des autels.
Tantôt je ceins l'aile de la tempête
Pour effrayer les dominations,
Ou des combats embouchant la trompette,
Souffle l'audace au cœur des bataillons.

Parfois terrible, environné d'orages,
Je me dévoile au prophète tremblant,
Et dénonçant l'iniquité des âges,
J'arme sa main d'un stygmate sanglant.

Aux bords déserts de la cité captive
Je vais gémir le cri de la douleur
Ou sur le front de l'impure Ninive
Jette en courroux l'oracle du malheur.

D'emplois plus chers revêtant ma puissance,
Je viens sourire au triste pèlerin.
Près du berceau de la timide enfance
Je prends les traits d'un ange gardien.
Génie aimé des pudiques tendresses ,
J'ouvre en chantant le festin nuptial,
Ou de l'Éden rappelant les promesses ,
Je charme encor le sommeil sépulcral.

J'aime à répandre en torrens d'harmonie
Les doux parfums, l'encens religieux ,
Et pénétrant les grandeurs infinies ,
Je les déroule en sons majestueux,
Ou je conduis sous les arches civiques
Les chœurs sacrés aux bandeaux fraternels ,

Et présidant les fêtes héroïques,
J'orne de fleurs les pavois solennels.

Esprit divin , dans l'enfance du monde
J'ai révélé ses destins inconnus,
Et de leur nuit perçant l'horreur profonde,
Civilisé les sauvages tribus.
De chaque peuple animant le langage ,
Je l'ai conquis à la Divinité,
Et ma lumière, éclatant d'âge en âge,
Vers l'avenir guide l'humanité.

Soleil voilé! ma source diaphane
Ne brille pas pour l'œil adulateur.
Malheur au chantre infidèle ou profane
Qui la ternit en son jeu corrupteur!
Jamais le cri des sombres bacchanales
Des lyres d'or ne souilla les accens.
La gloire en vain pare les saturnales ;
La vertu seule obtient leur noble encens.

Des verts lauriers, que je cueille à l'extase,
Les pleurs amers arrosent les rameaux.
Le deuil habite en mon céleste vase ;
Les chants plaintifs sont mes chants les plus beaux.
Mais, loin des temps, aux mondes invisibles
Mon char ravit mes élus transportés
Jusqu'au séjour des feux incorruptibles
Dont leur amour réfléchit les beautés.

L'essaim brillant des fables vaporeuses
A dérobé mon flambeau radieux,
Et les nectars de leurs sources trompeuses
Ont enivré les humains oublieux.
Long-temps caché sous de terrestres voiles,
Je me découvre aux regards du mortel.
J'ai mon emblème au milieu des étoiles ;
Je tiens la clé des royaumes du ciel.

Le Scalde et le Barde.

LE SCALDE ET LE BARDE.

LE SCALDE.

Odin, le dieu des Scandinaves,
Ne descend plus sur nos glaciers.
La voix belliqueuse des braves
N'évoque plus nos chants guerriers.
Au banquet sanglant de la gloire,
Nul chef ne verse l'hydromel
Dans les coupes de la victoire,
Où buvait le scalde immortel.

LE BARDE.

Des sommets du Strummon chassé par la tempête,
Je viens, aveugle errant, gémir sur d'autres bords.
Le sombre esprit du deuil bannit nos jours de fête.
O terre de Morven! objet de mes transports!
J'écoutais, enivré, tes murmures sauvages
Confondus aux sanglots du torrent de Lutha,
Et parfois je mêlais, rempli de tes images,
Mes accords douloureux aux plaintes de Selma.

LE SCALDE.

Asgard [5], la céleste demeure,
N'ouvre plus ses dômes rians
Aux héros que la terre pleure,
Couchés sur leurs manteaux sanglans.
Les Ases * des vierges chéries
N'excitent plus les fiers transports.
Les chœurs divins des Walkiries **
Gémissent au palais des morts.

* ** Voyez, pour ces noms, Asgard aux notes du volume.

LE BARDE.

La harpe d'Ossian ne se fait plus entendre
Aux lieux où le guidait la compagne d'Oscar.
Le bouclier sacré, que la mort vient suspendre,
A cessé d'ébranler les rochers du Lubar.
O Mora ! qu'as-tu fait des beautés chasseresses
Dont l'éclat enflammait la valeur des héros.
Cathlin [6] n'éclaire plus leurs armes vengeresses.
Nul barde à leur trépas n'attriste les échos.

LE SCALDE.

Hella [7], de sa flèche glacée,
Frappa nos guerriers éblouis.
Sous les ruines d'Odensée [8]
Nos chants dorment ensevelis.
Je vois errer de pâles ombres.
O plaines funèbres d'Upsal !
Le scalde vient sur vos décombres
Entonner l'hymne sépulcral.

LE BARDE

Ossian, comme toi, privé de la lumière,
Plus malheureux, j'ai fui les monts calédoniens.
Nos tribus ont subi la hache meurtrière ;
J'appelais vainement nos dieux aériens.
Où sont, bardes d'Ulin, vos vaporeux royaumes ?
Le spectre du Loda plane sur vos séjours,
Et du Légo fangeux, peuplé d'amers fantômes,
Le météore errant s'échappe au front des tours.

LE SCALDE.

O bardes, nos ombres pleurantes
S'éclipsent dans la nuit des temps,
Semblables aux feuilles errantes
Qu'emporte l'aile des autans.
Rouvrez vos célestes enceintes
Où la voix du scalde vola ;
Recevez-nous, ô vierges saintes,
Dans les palais du Walhalla.

LE BARDE.

La voix du solitaire [9] a frappé nos collines ;

Sa main vers l'avenir me montrait d'autres cieux.

Son front semblait briller de ses clartés divines.

Gloire aux chantres futurs des jours mystérieux !

Les ombres du passé flottent sur les nuages.

Karill dans leur séjour vient pour me recevoir.

Salut ! salut à vous ! peuples des nouveaux âges,

Le Barde à vos banquets ne viendra point s'asseoir.

Les Deux Génies,

ÉPISODE DU VOYAGE DES AMES.

LES DEUX GÉNIES [10],

ÉPISODE DU VOYAGE DES AMES.

———————

Un siècle allait s'ouvrir. Dans les sphères profondes
L'ombre des temps fuyait en leur rapide cours.
Le mouvement ailé des soleils et des mondes
Marquait le cercle immense et des nuits et des jours.
Les âmes, purs rayons éclos de sa puissance,
Descendaient à la voix du divin Créateur,
Pour animer des corps la périssable essence
Et remplir leur épreuve au séjour de douleur.

Leurs légères tribus, monades fugitives,
Pareilles dans leur course au cygne voyageur,
Franchissaient tour à tour les éternelles rives,
Où les globes flottaient dans des mers de splendeur.
L'avenir excitait leurs ardeurs curieuses.
Un chœur de séraphins, blanche apparition,
Saluait par ses vœux leurs cohortes joyeuses
Que charmaient les tableaux de la création.

Les globes, à leur vue emportés dans les sphères,
Se déroulaient sans fin, miroirs étincelans.
Chacun leur découvrait ses étranges mystères,
Mélodieux anneaux des espaces roulans.
Leur amour aspirait les éloquens murmures
Dont le concert formait un hymne universel,
Et brûlait de s'unir aux sublimes figures
Qui se réfléchissaient dans les zones du ciel.

Les uns, Edens charmans, peuplés d'âmes heureuses,
Faisaient épanouir de suaves accords.
La lumière enchantait leurs plages radieuses,
Et leurs accens peignaient d'ineffables transports.

Les autres, qu'éclairaient des feux mélancoliques,
D'êtres prédestinés répétaient les soupirs.
Quelques globes lointains, aux gerbes magnifiques,
Traversaient flamboyans les dômes de saphirs.

Les âmes descendaient, et l'aube enchanteresse
S'effaçait par degrés sous le voile du soir.
Un invincible attrait les appelait sans cesse
Vers ces mondes chéris, objets de leur espoir.
Un globe, qu'argentait une douce lumière,
Vint ravir leur phalange attirée en son sein.
Telle la fleur palpite à l'aube printannière
Ou le cygne à l'aspect du liquide bassin.

Tout à coup un dragon apparut dans l'espace,
Immense et couronné de rayons nébuleux.
Sinistre, de la terre il menaçait la face
Et roulait dans la nuit ses orbes monstrueux.
A ce terrible aspect, les âmes éperdues
Reculèrent soudain avec un cri d'effroi.
L'hydre, faisant siffler ses trois langues aiguës,
En hurlant leur cria : « Saluez votre roi !

Le globe où vous courez a subi mon empire ;
Je règne en souverain sur le vaste univers.
De votre sort futur je viens pour vous instruire :
Ames, vous tomberez au gouffre des enfers.
Chaque fois que le temps amène un nouvel âge,
Je prends pour l'asservir son esprit destructeur.
Celui qui vous appelle a formé mon visage.
Regardez-moi ! je suis son démon tentateur. »

Dans ses yeux de vipère éclataient des figures.
Des fleurons scintillaient sur ses mouvans anneaux.
Des perles rehaussaient ses écailles impures.
Des miroirs sur son col déployaient leurs cristaux.
• Oui, je vous séduirai par ces brillans emblèmes.
Je vous déroberai vos fragiles vertus.
Vous voudrez essayer mes nombreux diadèmes.
Je vous enlèverai le bonheur des élus.

Dans vos cœurs fascinés, sous des formes trompeuses,
Je saurai me glisser en replis sinueux.
Ma bouche parlera des langues captieuses.
Mille autres apprendront mes secrets vénéneux.

Je brûlerai vos seins de ma subtile essence.

Votre remords tardif doublera son poison.

Adieu, filles du ciel ! avant votre naissance,

Vous aurez oublié les discours du dragon. »

La lumière, à longs flots perçant la nuit funeste,

Inonda tout à coup de son éclat vainqueur

Un jeune ange, au milieu de la troupe céleste,

Plus beau que Sirius dans le glorieux chœur.

Une double auréole environne sa tête.

Sa robe transparente a la blancheur du jour.

Son limpide regard sur les âmes s'arrête :

« Je viens vous protéger, » dit-il avec amour.

De la religion c'était le doux génie.

Son éclat irritait les anneaux ondoyans

Du monstre déroulé dans la voûte infinie.

Le séraphin, paré de cercles rayonnans,

Leva ses yeux sereins vers la sphère étoilée,

Et sa voix modula ces accens enchanteurs :

« O mon Dieu ! je descends dans la triste vallée,

Et j'y protègerai mes innocentes sœurs.

Couvre d'un temple pur ces immortelles flammes ;
J'en alimenterai le rayon précieux.

Des grâces de la terre orne ces jeunes âmes ;
Mon souffle nourrira leurs fruits mystérieux.

Anime leurs regards de tes célestes charmes;
Je leur inspirerai la prière et la foi,

Donne-leur un cœur tendre et capable de larmes;
Il ne s'éteindra point sans palpiter pour toi.

Je viendrai voltiger dans les brises plaintives,
Sur le front du soleil et des astres jumeaux,

Pour rappeler sans cesse à ces âmes captives
Leur future existence et leurs divins berceaux.

Je changerai mes lis en lueurs sidérales ,
Ma couronne odorante en roses de printemps.

Les beautés de la nuit , les splendeurs matinales,
De mon règne offriront les miroirs éclatans.

Dans les sons de la lyre et de la mélodie,
Je les entretiendrai du suprême séjour.

Les traits de leurs parens , la nature fleurie,
Mêleront mon image aux chants de leur amour.

A travers les douleurs de la vie orageuse
Je leur apparaîtrai comme un pur arc-en-ciel.
J'élèverai leurs yeux, loin de l'ombre trompeuse,
Vers l'asile sacré du bonheur éternel.

Vous me reconnaîtrez, ô mes sœurs bien aimées,
Dans vos secrets transports d'extase et de vertu.
Le lis, dont j'ornerai les sources embaumées,
Brillera dans les chœurs de la sainte tribu.
Quand la mort, terminant votre pèlerinage,
Ira vous dépouiller du mortel vêtement,
Je vous ramènerai dans votre heureuse plage,
Comme au sein de la fleur l'humide diamant.

Les âmes, qu'éclairait sa lumineuse trace,
Reprirent leur chemin dans les dômes d'azur.
Un long flot d'harmonie, au travers de l'espace,
Suivait leur vol léger vers leur globe futur.
Tels, quand les cygnes blancs poursuivent leur voyage
Pendant les froides nuits vers les bords lesbiens,
Un murmure divin s'exhale à leur passage ;
Le berger croit ouïr les chœurs aériens.

Le dragon , agitant sa couronne sanglante,

Replia les anneaux de son orbe écumant,

Et lugubre, semblable à la trombe brûlante,

S'abattit sur la terre avec un sifflement ;

Son colosse étendu dans sa courbe homicide,

Enveloppa le monde en ses plis ténébreux.

Mais les airs, traversés par la troupe candide,

Retentissaient au loin du vol harmonieux.

SAÜL

CHEZ LA PYTHONISSE.

Saül chez la Pythonisse.

———◆———

Vers la grotte profonde où vit la Pythonisse,
Saül marche à pas lents dans l'ombre de la nuit.
Une voix dans son cœur aiguise son supplice;
Ténébreux compagnon, le remords le poursuit.
Dieu s'était retiré de son âme éperdue
Et répandait sur lui l'esprit de la fureur.
Les doux chants du berger, redoutable à sa vue,
Ne sauraient apaiser sa secrète terreur.
Il tressaille, il appelle, et sa voix frémissante
Fait retentir au loin la caverne d'Endor.

La pythonisse accourt, sinistre et menaçante,
Semblable aux feux d'orage errans sur le Thabor.

LA PYTHONISSE.

Homme, que me veux-tu?

SAUL.

J'invoque ta puissance.
Apprends-moi l'avenir!

LA PYTHONISSE.

Il est à l'Éternel.

SAUL.

Eh bien! conjure ici l'ombre de Samuel.

LA PYTHONISSE.

Pourquoi troubler les morts?

SAUL.

Dieu persiste à se taire.
L'avenir à leurs yeux n'aura point de mystère.

LA PYTHONISSE.

Crains leur voix!

SAUL.

Obéis, si ton art n'est pas vain.

LA PYTHONISSE.

Tu le veux... Fils des morts, par mon sceau souverain,
Sors du sommeil ! parais ! vieillard, lève ta tête.
Roi, regarde ! voilà le spectre du prophète.

La terre ouvre son sein ; mystérieuse image,
Samuel apparaît au milieu d'un nuage.
La lumière se trouble et change de couleur
En fuyant le linceul qui cache sa pâleur.
La mort luit d'un feu terne en ses regards livides.
Le sang n'habite plus dans ses veines arides.
L'effrayante blancheur de ses pieds desséchés
Ressemble aux flots d'hiver sur les tombes couchés.
Ses membres ont l'aspect d'un arbuste stérile.
Son gosier sans haleine et sa lèvre immobile
Exhalent des sons sourds, tels qu'un vent souterrain.
Le trépas est écrit sur son osseuse main.
Saül pâle regarde et tombe dans la poudre,
Comme un chêne frappé par l'éclat de la foudre.

L'OMBRE DE SAMUEL.

Pourquoi vient-on troubler mon sommeil éternel ?
Qui conjure les morts ? c'est toi, roi d'Israël !

Vois ces membres glacés! les tiens seront semblables,

Quand tu revêtiras ces voiles redoutables.

Avant qu'un second jour dissipe ton effroi,

Tu seras dans la tombe et ton fils avec toi.

Adieu donc! pour un jour! ton aurore dernière!

Son déclin confondra notre froide poussière.

Je te vois succomber au sein de tes enfans.

Les traits des Philistins te percent triomphans.

Ta main contre ton cœur dirige ton épée;

D'affreux ruisseaux de sang la terre est retrempée,

Et le père et le fils, ô Saül, ta maison

Repose sans couronne et sans vie et sans nom.

David viendra pleurer sur votre race éteinte.

Ton sceptre passera dans sa demeure sainte.

(L'ombre de Samuël disparaît.)

LA PYTHONISSE.

Saül, où donc es-tu? parle, roi d'Israël!

Saül! parle! Saül! réponds-moi!

SAUL, renversé.

Samuel!

Cantique au Soleil.

CANTIQUE AU SOLEIL.

Salut ! ô roi de la nature,
Miroir du Dieu vivant sur ta face imprimé,
Soleil, d'amour, de gloire, immortelle figure,
    Couronne radieuse et pure,
Toi dont rien n'a terni le symbole enflammé.

Magnifique, au berceau du monde,
L'éternel t'enfanta de sa clarté féconde
    Pour enchanter notre univers.
Il dit : Sois mon emblème au milieu de l'espace !
Et les zones de feu, que ton regard embrasse,
Bondirent sous ton tronc en leurs cycles divers.

En vain l'homme, son noble ouvrage,
    Déchu de l'antique splendeur,
    Efface et flétrit d'âge en âge
        L'empreinte de son créateur ;
    Flambeau de la sphère infinie,
    Fidèle à son auguste amour,
    Au sein de l'immense harmonie,
        Tu brilles comme au premier jour.

Semblables aux vapeurs des ombres sépulcrales,
Les siècles, qu'ont frappés tes flèches triomphales,
    Déroulent leurs vastes anneaux :

Ceints du fer des Nemrod à la pourpre sanglante,
  ⁻ D'ouragans l'aile ruisselante ,
Ou de l'impiété traînant les noirs fléaux.

Ils se couchent, vieillis, pleins de fange ou de poudre.
Tu poursuis ta carrière au dessus de la foudre
  Sur les débris de leurs tombeaux.

  Immortel ! l'ombre de nos crimes
  Ne touche point tes traits sublimes.
Tu reviens, entouré de tes sacrés rayons ,
Aux bons comme aux méchans verser les blanches heures
  Avec les trésors des moissons.
Tu répands, du lit d'or de tes douze demeures,
  Le cours bienfaisant des saisons.

  Loin de toi la terre glacée
Soupire aux froids rayons de ta plaintive sœur,
  Comme une pâle fiancée
Pleurant de son amour la lumière éclipsée
  Dans les limbes de la douleur.

Tu parais ! la terre joyeuse,
   Ceinte de rubis odorans ,
Renaît , éblouissante, à tes feux enivrans ,
Du réveil de la tombe image glorieuse!
   Tu l'embrases de tes torrens.

   O foyer des sources de l'être !
   Ton souffle vainqueur les pénètre.
Homme , terre, océan, tressaillent réjouis.
 Les germes fécondés brillent épanouis,
   Tout se ranime et se réveille,
   Du monde éclatante merveille.

A la voix du printemps sortent les jeunes fleurs ,
Les charmans colibris , les hideux scarabées ,
Les insectes ailés aux vivantes couleurs ,
Mille créations dans l'ombre dérobées ,
Les mollusques de l'onde et les oiseaux de l'air ,
Les monstres des forêts , des déserts , des abîmes ,
Les conques de saphir au phosphorique éclair ,
Les règnes végétaux, les règnes maritimes ,

Et les êtres sans nom , tes enfans, roi du jour ,
Chrysalides des nuits que ton œil fait éclore,
Dont les chœurs infinis célèbrent ton retour
Des plages du couchant aux sables de l'aurore.

Les peuples, inondés de tes flots radieux ,
    Ivres des biens de ta présence ,
Confondant à ces chœurs leurs hymnes glorieux,
T'adoraient , ô soleil, dans ta magnificence.
    Le Parsis , dont la main t'encense ,
Révère , prosterné , ton front majestueux.

    Aux fils obscurs de la poussière
    Tu paraissais le dieu fécond
    Du génie et de la lumière ,
    Bacchus, Osiris , Apollon.
    Ils avaient pris ton vif emblème
    Pour la céleste vérité ,
    Ton disque , éclatant diadème ,
    Pour l'éternelle majesté.

De l'infini sublime image,

Nul œil mortel ne peut contempler ton visage

Sans éblouissement.

Heureux les purs esprits dont les ailés rapides

Planent sur ton char d'or dans les palais splendides

Du divin firmament!

Vision du Purgatoire.

VISION DU PURGATOIRE.

La nuit sombre pesait sur la triste nature
Et la douleur veillait près de la créature.
Un de ces purs esprits, élus de l'Éternel,
Vint enlever mon âme à son séjour mortel.
Le nœud qui l'arrêtait s'entrouvre et se dégage.
Tel l'oblique rayon traverse le nuage
Où l'aigle délivré s'élance loin du sol ;
Telle, plus prompte encor en son rapide vol,

Elle franchit l'espace et ses profondeurs noires.
Dans les cercles plaintifs des lieux expiatoires
Je me sentis soudain transporté : j'aperçus
Leurs limbes déroulant leurs orbes inconnus.

Les champs mystérieux de cette vaste plage
De degrés en degrés s'étendaient sans rivage.
J'embrassais à la fois leurs suprêmes confins,
L'un touchant à l'enfer, l'autre aux parvis divins.
Mille astres tournoyaient au travers de leurs cônes.
Les générations s'agitaient dans leurs zones,
Pareilles aux torrens des rougeâtres vapeurs
Que chasse un vent d'automne aux confuses clameurs.
Les âmes, traversant ces immenses échelles,
Montaient en s'épurant aux clartés éternelles,
Par les degrés sans fin de l'espace et du temps ;
Et les globes roulaient dans leurs cycles flottans.

Je voyais tour à tour, comme des flammes vives,
Passer et voltiger ces peuplades plaintives,

Des vierges, des enfans , des êtres adorés,
Pour le temps de l'épreuve en ce lieu séparés.
A travers les rigueurs de leur pèlerinage
L'espérance animait leur triste et doux visage
Et faisait luire au loin sur leurs chœurs fraternels
Les purs embrasemens de leurs nœuds immortels.
Les signes consolans de leur sollicitude
Unissaient dans l'espoir de la béatitude
Leurs touchantes ardeurs, présage lumineux
De la fraternité des esprits bienheureux.

J'entendais, du milieu des innombrables sphères,
S'échapper des soupirs, des sanglots, des prières,
Se mêlant dans l'espace aux cantiques sacrés
Dont les accords chantaient sur les plus hauts degrés.
« Seigneur, j'ai mis en vous toute mon espérance.
« Vous qui vivez, priez pour notre délivrance.»
Les vierges de Marie, aux ineffables voix,
Célébrant dans ses chœurs les gloires de la croix,
Ravissaient par leur chant les âmes exilées.
Parfois des séraphins, franchissant leurs vallées,

Recevaient dans l'extase aux célestes parvis
Les élus dont les temps venaient d'être accomplis.

Vers le centre, où régnait comme une arche de flammes,
Où se précipitaient les myriades d'âmes,
Paraissait, tel qu'un astre aux feux étincelans,
Un archange entouré de sept esprits brûlans.
Armé d'une croix blanche, épée éblouissante,
Des âmes il rangeait la troupe gémissante,
Et gravant sur leur front le jugement de Dieu,
A chacune assignait son épreuve et son lieu.
Des messagers, brillant d'un calme inaltérable,
Exécutaient soudain son ordre irrévocable,
Et guidaient tour à tour dans les mondes lointains
Celles dont son stygmate y plaçait les destins.

Au pied de l'arche, où Dieu se voilait invisible,
Une âme allait ouïr sa sentence inflexible.
Cette âme, que marquait le signe de l'orgueil,
Se tenait en silence au redoutable seuil.

Sur sa tête superbe une auréole pâle
Semblait briller du sceau de la rive infernale,
Pareille au météore errant sur les marais,
Aux bleuâtres lueurs des funèbres palais.
Le voile saint de l'arche, éclatante nuée,
S'anima tout à coup d'une pourpre enflammée
Et j'entendis ces sons, formidables échos,
Roulant de monde en monde aux gouffres du chaos :

« O toi qui, corrompant ta noble intelligence,
Abusas de mes dons en ton cœur révolté,
Un rayon de vertus, appelant ma clémence,
Te sauva de l'enfer l'affreuse éternité.
Par toi même exilé de la sphère céleste,
Esprit, tu subiras pour juste châtiment
Les maux dont tu cueillis la semence funeste.
Ta propre conscience enfante ton tourment. »

« Porte en toi les fléaux sans limite et sans nombre
Que légua ton délire aux humaines douleurs ;

De tes jours écoulés tu ne pourras fuir l'ombre

Ni les spectres maudits de tes rêves trompeurs.

Les venins dont ton âme a composé les charmes,

Distillés par ta voix sur la création,

Viendront mêler leur fiel au venin de tes larmes.

Ta bouche a prononcé ta malédiction. »

« Tu te forgeas un masque en ton amer sourire ;

Ce masque pèsera sur toi comme un linceul.

Sourd aux terrestres lois comme au divin empire,

Privé de doux liens, tu demeureras seul.

Un astre aux crins sanglans, effrayante comète,

Deviendra ton séjour et ton propre élément.

Sans repos comme lui vole avec la tempête

Dans les horreurs du vide et de l'isolement.»

« Dans cet astre, formé d'une essence fatale,

Des races de l'orgueil lamentable tombeau,

Va traîner ta puissance aride et sépulcrale.

L'ange t'imprimera son invincible sceau.

Va, jusqu'aux temps marqués où ses tristes empreintes
Sous les flots de tes pleurs devront s'anéantir,
Et tu pourras alors dans des sphères plus saintes
Purifier ton âme au feu du repentir. ·

Les mondes effrayés dans leur orbite immense
Gémirent tour à tour la terrible sentence.
Le ministre divin du glaive menaçant
Toucha sept fois l'esprit rebelle et frémissant.
La lumière brillait, mais trop tard, à sa vue.
Un ardent chérubin, du milieu de la nue,
S'élança pour rempiir l'arrêt de l'éternel
Et l'entraîna soudain vers son cycle cruel.
L'étoile, qu'embrasait une clarté livide,
Nageait dans l'horizon d'une zone perfide
Où venaient se confondre à mes yeux éperdus
Les sinistres vapeurs des royaumes déchus.

.   .   .   .
.   .   .   .
.   .   .   .
.   .   .   .

. . . .

. . . .

Parmi les tourbillons des âmes pénitentes,

Semblable à l'arc tissu de lueurs éclatantes,

Un autre esprit planait devant le trône saint.

De rayons glorieux son front était empreint.

Il portait le fardeau de la grandeur suprême.

Une goutte de sang tachait son diadème.

Sur son front ennobli par le sceau du malheur

Ses maux avaient creusé des sillons de douleur.

L'orgueil de la puissance en son cœur solitaire

Avait aussi terni son sacré caractère.

Aujourd'hui ses grandeurs l'écrasaient de leur poids.

Monarque, il paraissait devant le roi des rois.

. . . .

. . . .

. . . .

. . . .

L'arche trembla, des temps les voûtes chancelèrent.

De leurs six ailes d'or les anges se voilèrent.

• Des flancs noirs du nuage aux éclairs furieux,

La voix laissa tomber des sons mystérieux

Dont l'espace et mon âme à la fois tressaillirent.

Dans leurs gouffres sans fond les enfers l'entendirent. ˙

.   .   .   .

.   .   .   .

.   .   .   .

.   .   .   .

Soudain je m'arrachai de ces tableaux d'effroi

Et le sommeil pesant avait fui loin de moi !

CANTIQUE

DES CONSTELLATIONS.

CANTIQUE DES CONSTELLATIONS.

IMITÉ DE KLOPSTOK [1].

———————

Les monts, les prés, les bois, tout chante ses louanges,
Et la lyre de l'homme et la harpe des anges.
La mer tonne en roulant le nom de l'Éternel.
Le jour l'annonce au jour, la plage le murmure,
Le lion le rugit; l'hymne de la nature
Peut à peine monter à son trône immortel.

Orgue immense, elle chante, en son vaste mystère,
Son Dieu, son créateur, et du ciel à la terre
Son verbe retentit en sons mélodieux.
Le frère de l'éclair, dans le flanc des nuages,
Glorifie en son vol le maître des orages
Sur la cime des monts et des pins sourcilleux.

Son nom est célébré par tout ce qui respire,
Par la voix du ruisseau qui sur les fleurs soupire,
Par la voix de l'airain qui gronde au flanc des tours.
Le vent l'emporte au loin jusqu'à l'arc d'espérance
Qu'il tendit dans les airs en gage d'alliance,
Et l'oiseau du printemps le chante en ses amours.

Et toi, tu te tairais, stérile créature,
Toi que ton Dieu forma pour sentir la nature,
Toi promise au festin de l'immortalité!
Rends grâce à ses bienfaits de ton noble héritage.
Pour ton hymne est-ce assez du terrestre langage?
Son amour t'appela dans son éternité.

Chante, faible instrument; convive, chante encore!
Glorifie en tes chants celui que tout adore,
Montagnes, océans, astres, fleuves, déserts.
Je viens m'unir à vous, chœurs éclatans du monde.
Oui, je veux partager dans mon ardeur profonde
Et vos ravissemens et vos divins concerts.

Le maître qui créa les sphères innombrables,
Là-haut, le flambeau d'or aux feux inaltérables,
Ici, la poudre obscure où rampent dans la nuit
Les insectes sans fin cachés à l'œil de l'homme,
C'est Dieu! c'est notre roi! tout l'univers le nomme.
Un million de voix à notre voix s'unit.

Regardez! le lion à l'ardente crinière
Fait jaillir de son sein des torrens de lumière.
Capricorne, Bélier, Pléiades, Scorpion,
Cancer, vous attestez sa féconde puissance.
Voyez plus loin descendre et monter la Balance.
Le Sagittaire darde un rapide rayon.

Ses flèches, son carquois résonnent dans sa course.
Sur son chariot d'or scintille la Grande-Ourse.
Et vous, brillans Gémeaux, quel éclat virginal !
Vos pieds semblent ouvrir la marche triomphante.
Les Poissons, se jouant sur la vague ondoyante,
Lancent d'ardens éclairs dans l'horizon astral.

La rose resplendit du sein de sa couronne.
Sur son trône d'onyx l'aldébaram rayonne.
L'aigle, à l'œil flamboyant, plane victorieux
Parmi ses compagnons. Déployant son plumage,
Son beau col arrondi, le cygne orgueilleux nage.
Le chien brûlant vomit des tourbillons de feux.

Quel souffle t'a donné ta mélodie, ô lyre ?
Qui versa dans ton sein l'harmonieux délire
Et tendit, comme un arc, tes belles cordes d'or ?
Tu résonnes : soudain les globes planétaires,
Cadençant à ta voix leurs danses circulaires,
Viennent former leur ronde à ton divin essor.

Voici la Vierge ailée, en tunique de fête,
Une couronne d'or flottante sur sa tête,
Les mains pleines d'épis et de pampres joyeux.
De l'urne du Verseau fuit la lumière pure.
Mais le fier Orion regarde la ceinture,
Et non les flots ardens du Verseau glorieux.

O si la main de Dieu, pur et céleste vase,
Répandait sur l'autel l'urne où ton feu s'embrase,
Les mondes crouleraient avec un sourd fracas;
Le cœur du grand lion près de l'urne tarie
Se briserait, roulant la couronne flétrie.
La lyre ne rendrait que des sons de trépas.

Dieu créa dans les cieux ces signes de lumière.
La lune vient briller près de notre poussière.
Blanche sœur de la nuit, ses rayons bien aimés
Épanchent aux humains leur paix religieuse.
Cet emblème touchant de la douleur pieuse
Veille toujours sur ceux dont les yeux sont fermés.

Loué soit le Seigneur, créateur des étoiles,
Dont la main suspendit des flambeaux et des voiles
Sur la profonde nuit du sommeil, de la mort !
Terre, notre berceau, tombe toujours ouverte,
De fleurs et de lauriers par les saisons couverte,
Son amour t'a parée à notre saint transport.

Quand Dieu viendra juger dans le jour des vengeances,
Il remûra le sol encor plein de semences
Et le tombeau peuplé de muets ossemens.
Que tout ce qui repose à l'instant se réveille !
La foudre est à ses pieds. Nul écho ne sommeille.
La mort ! la mort accourt du fond des monumens.

PRÉLUDE

DU

POËME DE LA MORT.

PRÉLUDE

DU

POËME DE LA MORT.

Isis mystérieuse, au bandeau sépulcral,
O mort! tu tiens la clé du livre de la vie.
A ton vaste banquet l'avenir me convie.
    Reçois mon hymne triomphal.

J'ai ceint pour te chanter ta lugubre parure,
Le cyprès, le narcisse et les fleurs du sommeil.
C'est toi qui dois guider la pâle créature
    Vers les feux d'un nouveau soleil.

Adieu, lyre ! salut, ô coupes cinéraires !
Sous mes doigts va frémir le sourd psaltérion.
Ton agape rassemble et les sœurs et les frères
    Dans une éternelle union.

Tes flambeaux messagers, colonnes lumineuses,
Éclairent à jamais tes limbes révérés.
Dans leurs sentiers épars les races voyageuses
    Célèbrent tes rites sacrés.

    Près des urnes des sarcophages
    Pourquoi ces longs gémissemens ?
    Les pieux enfans des Pélages
    Recueillent les saints ossemens.
    En l'honneur des augustes mânes
    Ils dressent de funèbres jeux,
    Et dans leurs mystères profanes
    Ils évoquent les sombres dieux :

    « O rois des infernales rives,
    Recevez les noires brebis.
    Apaisez-vous, ombres plaintives !
    Répondez à nos tristes cris.

Acceptez les chères offrandes
De vos épouses, de vos sœurs,
Nos chevelures, nos guirlandes,
Nos sacrifices et nos pleurs. »

Dans ses souterrains redoutables,
Le peuple noir du dieu du jour,
De tes cercueils impénétrables,
O mort ! consacre le séjour.
La douleur sous des bandelettes
A clos ton sein mystérieux.
Tu gis en tes pompes muettes,
Semblable au sphinx silencieux.

Reine des tribus endormies,
Le sage enseigne tes leçons.
La terre antique des momies
Garde tes révélations.
Partout tes emblèmes livides !
Ton ombre attriste les banquets.
Tu planes sur les pyramides,
Dans les tabernacles secrets.

Mais quelle pompe mortuaire
Du Gange afflige au loin les bords ?
Autour du bûcher funéraire
Éclatez, douloureux transports !
Dans son hécatombe cruelle,
Dernier gage barbare et doux,
Du brame la veuve fidèle
Se consume avec son époux.

O Siloé ! les tribus saintes
Bénissent le champ des tombeaux.
Du deuil les sinistres empreintes
Recouvrent leurs affreux lambeaux.
Les pleureuses échevelées
Mêlent leur lamentation
Au chœur des vierges désolées
Parmi les cèdres de Sion.

Sur ces collines solitaires
Les descendans du dieu du Nord
Dressent les tertres circulaires,
Où le fer près du héros dort

Des bardes les harpes pleurantes
Chantent ses glorieux destins,
Et les grandes ombres errantes
Peuplent les flots aériens.

« Hella ! déité de la tombe,
Le Scandinave, à tes genoux,
Immole une noire hécatombe
Pour apaiser ton noir courroux.
Ne laisse pas du sombre abîme
Échapper tes spectres hideux.
Du front de la pâle victime
Éloigne tes traits vénéneux. »

Dans les déserts de la savane
S'offre un attendrissant tableau.
Simple fille de la cabane,
Une mère, près d'un berceau,
A l'objet de sa tendre plainte
Verse son lait avec ses pleurs.
Un amant sur la vierge éteinte
Murmure un hymne de douleurs.

De la mort les tristes génies
Habitent ces lieux parfumés ;
De funéraires harmonies
S'exhalent des arbres aimés.
Esprits errans, les jeunes femmes,
Du soir recueillant les soupirs,
Vont aspirer les blanches âmes
Pour féconder leurs chers désirs.

Les tribus des Natchez sauvages,
Dans les cavernes du repos,
A l'ombre des sacrés bocages,
Des aïeux révèrent les os.
Ils invoquent leur voix plaintive
Du fond de l'antre nébuleux,
Et dans l'exil de rive en rive
Emportent ces funèbres dieux.

Où vont ces femmes éplorées
Dans ces silencieux jardins,
Du harem ombres égarées,
Proscrites des parvis divins ?

La douleur inspire à leur âme
L'espoir du réveil éternel.
Sur la tombe, où pleure leur flamme,
Leur apparaît l'ange Azraël *.

De l'aurore au couchant, sur la neige ou les sables,
Se dévoilent partout les signes vénérables
   Du grand mystère des mortels;
Accens de la douleur, spectacles lamentables,
   Touchans, terribles, solennels.

   Vastes sépulcres des royaumes,
   Empires vides du passé,
   Peuplés de sublimes fantômes,
   Sur vous s'étend le deuil glacé.
   Vos dieux, vos images fameuses,
   Dans leur formidable appareil,
   Sont les pompes majestueuses
   De votre lugubre sommeil.

* L'ange de la mort dans la religion musulmane.

O mystères d'Isis! ô banquet de Socrate!
Sur le vieux Latium quelle lumière éclate
    Dans sa céleste trinité?
Rome, à tes purs flambeaux, du fond des catacombes,
Tes augustes martyrs partagent sur des tombes
    Le pain de l'immortalité.

    Salut! majestés sépulcrales!
    Vous versez votre sainte horreur
    Sous les voûtes des cathédrales.
    Salut! pompes de la terreur!
    Astres divins! noires ténèbres!
    Un autre monde va s'ouvrir.
    Le saint cantique aux glas funèbres
    Mêle l'hymne de l'avenir.

    Le Christ a de l'empire sombre
    Franchi l'invincible rempart;
    Son pied, de la mort frappant l'ombre,
    A renversé son étendard.
    Archanges gardiens des âmes,
    Asseyez-vous sur le cercueil.

L'abîme en vain vomit des flammes ;
Le spectre est captif sur le seuil.

Sur ton pâle coursier, au dernier jour du monde,
O mort ! tu secoûras dans ton horreur profonde
    Tes funestes lambeaux.
Tu n'habiteras plus les infinis royaumes ;   .
La lumière viendra chasser tous tes fantômes
    Dans la nuit du chaos.

    Pareille à la triple déesse,
    Embrassant le triple univers,
    Reine propice ou vengeresse,
    Le ciel, la terre et les enfers,
    Du noir dragon fille implacable,
    Tu touches le seuil ténébreux,
    Et sphinx terrestre impénétrable,
Ton aile nous emporte, ange victorieux.

Sombre initiateur ! ta flamme expiatoire,   .
    Lui ceignant sa robe de gloire,

Pour le purifier consume le mortel.

Malheur au pyrrhonien, dont la main adultère

Profane en se jouant ton sublime mystère

Sous son sacrilége scalpel.

Le sommeil, ta vivante image,

Dans ses nocturnes visions

Ouvre ton terrible passage

Vers les suprêmes régions.

Ses inexplicables figures

Soulèvent un coin du rideau.

L'effroi de leurs mornes augures

Nous glace aux portes du tombeau.

Parens, époux, amis, troupe plaintive et veuve,

Que de son fiel amer le désespoir abreuve

Près du lit des cruels adieux,

Un rayon inconnu, prophétique lumière,

Couronne le mourant à cette heure dernière,

Aube d'un jour mystérieux.

Allez prier, âmes pieuses,

Au pied des solitaires croix.

Dans ces plages silencieuses

Murmurent d'invisibles voix.

La douleur, la foi, l'espérance,

Veillent sur leur calme séjour.

Vous reverrez, tendre souffrance,

Les doux objets de votre amour.

Ange saint de la mort, aux triomphals emblèmes,

Viens délivrer mon âme errante en ces déserts.

Accours! emporte-moi vers ces mondes suprêmes

Au triste accord de mes concerts.

Harold et le Néophyte.

HAROLD ET LE NÉOPHYTE.

HAROLD..

J'ai respiré sur le sein de ma mère
Les doux trésors de nectar et de miel.
Enfant, j'aimais l'adorable chimère,
Frais idéal de mon désir mortel.
Les prés, les bois, les fleurs, la solitude
Versaient en moi leurs vifs enchantemens :
Dans les transports de mon inquiétude
Je poursuivais des fantômes charmans.

LE NÉOPHYTE.

Dans mon berceau j'ouïs le chœur des anges
Et les concerts des esprits bienheureux.
Enfant, j'allais célébrer leurs louanges,
Orner de fleurs leurs autels glorieux.
J'ai fui la terre et ses rians mensonges
Pour les objets d'un plus suave amour,
Et j'élevai l'encens de mes doux songes
Vers les beautés du céleste séjour.

HAROLD.

La mélodie inspira mon ivresse
Dans les accens des folâtres beautés.
Les chants, les jeux, la danse enchanteresse
Gonflaient mon sein de mille voluptés.
Tendres langueurs, ardentes rêveries,
Trouble des sens, transports, charmes des cœurs,
Je vous puisai sur des lèvres chéries;
J'expire et brûle à vos philtres vainqueurs.

LE NÉOPHYTE.

Aux sons de l'orgue et des joyeux cantiques
Je sens ravir mon âme dans le ciel.
Des chastes chœurs les vierges angéliques
Ont allumé mon amour immortel.
Élans pieux, délicieuse extase,
Gloires, ardeurs, tourmens plus chers encor,
D'un zèle pur votre souffle m'embrase.
J'ai soif de Dieu, l'ineffable trésor.

HAROLD.

J'ai soif de l'air, du soleil, de l'espace,
Des voix, de l'onde et des splendeurs du soir.
Êtres cachés que mon amour embrasse,
Vous me parlez dans le divin miroir.
Les doux parfums, les astres, tout m'enivre.
Flambeaux des nuits, nature, Éden charmant,
Sans vous jamais je ne saurais plus vivre :
La terre est belle aux regards d'un amant.

LE NÉOPHYTE.

Des chœurs sacrés adorateur fidèle,
A mes regards leurs soleils sont plus beaux.
Lampe d'amour, dans l'ardente chapelle
Je me consume avec les saints flambeaux.
J'aspire au loin les mystiques étoiles,
Dont la splendeur m'inonde d'un feu pur.
Divin amour, tu m'apparais sans voiles
Dans les jardins de l'éternel azur.

HAROLD.

Du tendre amour j'ai goûté le mystère ;
L'azur des cieux s'anime en son regard.
Beauté magique, archange de la terre
Plus enivrant que le céleste nard,
Combien de fois, penché sous ton haleine,
Je crus dans l'ombre être moi-même un dieu !
Lune, fleurs, bois, anneaux de notre chaîne,
Brûlez nos cœurs d'un invisible feu.

LE NÉOPHYTE.

Roses d'espoir, beautés inaltérables,
Rien ne ternit vos ravissans accords.
Des séraphins bonheurs inexprimables,
Venez briser les chaînes de mon corps.
Miroirs brûlans d'harmonie et de grâce,
Noyez mes yeux dans la félicité.
Rayons vivans que nul souffle n'efface,
Rendez mon âme à l'immortalité.

TABLEAUX DES JUSTES.

TABLEAUX DES JUSTES.

La lampe, de mes nuits compagne nébuleuse,
Épanchait tristement sa clarté douloureuse.
Mon front était courbé sur le psaume des morts.
La souffrance minait et mon âme et mon corps.
Des misères sans fin la lugubre livrée
Couvrait comme un linceul ma chambre délabrée.
Du profond de l'abîme, où j'étais descendu,
Nul espoir ne brillait dans mon cœur éperdu.

Plongé dans les débris de ma propre existence ,
Je doutais de la vie et de la Providence.

Vain jouet du destin , pourquoi souffrir toujours ?
Disais-je , c'est assez porter le poids des jours.
Qu'ai-je fait à celui dont le courroux m'accable ?
Sur notre globe ingrat nul n'est plus misérable.
Le soleil des vivans n'existe plus pour moi.
Son rayon luit à peine en ce séjour d'effroi.
Le rire aigu du vent ou les sons d'une fête
Répondent tour à tour aux plaintes du poëte.
Seul , raillé , méconnu , je subis tous les maux.
Adulte , j'ai vêtu la robe des tombeaux.
A quoi sert de languir dans cet odieux monde.

. . . .

. . . .

Soudain pendant l'horreur de l'angoisse profonde
Le voile de l'esprit se leva. . . . .
L'ombre prit une forme et parut s'animer.

. . . .

. . . .

Je vis , sur un fumier , chargé de ses misères ,
Un homme décharné, hâve, rongé d'ulcères.

Ses cheveux hérissés se dressaient de terreur.

Son aspect me glaça d'une froide sueur.

« O Seigneur , criait-il du fond de sa détresse ,

Vous étendez sur moi votre main vengeresse.

J'étais juste et puissant ; vous m'avez abaissé.

Femme, enfans, serviteurs, amis, tous m'ont chassé.

Mon âme n'est que deuil, mon corps que pourriture.

Je marche tout vivant dedans ma sépulture.

Je n'accuserai point le Dieu mon créateur.

Qui suis-je pour sonder l'impénétrable auteur ?

Je suis sorti pleurant du ventre de ma mère

Et je retournerai pleurant dans la poussière.

Sur le lit douloureux de l'expiation

J'attendrai dans l'exil ma résurrection. »

Dans l'ombre de la nuit , sous une voûte obscure,

Une autre ombre apparut , solennelle figure.

Des disciples en pleurs recueillaient ses adieux.

Une coupe à la main, l'œil tourné vers les cieux ,

Calme , sa voix parlait un sublime langage :

« Amis , pourquoi pleurer ? la vie est un passage.

Je meurs pour la justice et pour la vérité.

Ma mort lègue un exemple à la postérité.

Le sage doit subir son sort avec constance ;

L'heure de son trépas sonne sa délivrance.

Je pardonne en mourant au peuple athénien,

Et remonte à jamais vers la source du bien. »

L'esprit, qui découvrait les siècles à ma vue,

Offrit une autre image à mon âme abattue.

Assis dans un cachot, au déclin de ses ans,

Un homme était courbé sous d'injustes tourmens.

Des globes, des compas, œuvres de sa science,

Annonçaient les travaux de son intelligence.

Ému, je contemplais le sage malheureux.

De son sein s'échappaient des soupirs douloureux :

« O toi, qui fis le ciel et les eaux et la terre,

De ton œuvre éternel tu connais le mystère.

Dans mes infirmités, Seigneur, regarde-moi.

Tu sais si je blasphème et viole ta loi.

J'humiliai mon front devant ton interprète.

(Pourtant elle se meut [12]) ; ta volonté soit faite! »

La sombre vision me transporta soudain

Près d'un autre martyr , héros du genre humain.

Dans un cachot plus noir , flétri , chargé de chaînes,

Un vieillard languissait aux voûtes souterraines.

Le fardeau dévorant de la captivité

N'avait pu de son front éteindre la fierté.

Ses pieds , ses mains portaient de vives cicatrices.

Mon cœur se déchirait devant de tels supplices.

Le captif murmurait en traînant ses anneaux :

«Grand Dieu ! voilà le prix de mes hardis travaux.

En vain j'ai traversé les tempêtes de l'onde ;

Améric donnera son nom au nouveau monde.

Gloire au maître divin qui conduisit ma foi !

De l'immense univers il est seul le vrai roi. »

Et je vis apparaître une ombre plus livide.

Dans le fond ténébreux d'un sépulcre fétide

Un homme était couché , pâle , les yeux hagards.

Un doux rayon parfois brillait dans ses regards.

Telle d'un jour éteint luit la clarté dernière.

Des larmes humectaient sa brûlante paupière.

« Où suis-je ! je chantais la gloire de Sion.

L'angoisse du malheur a troublé ma raison.

Aimer ! chanter ! prier ! ces transports de l'archange

Sont un crime ici-bas. Esprit, sors de la fange !

Mes tyrans m'ont plongé dans ce lieu de soupirs.

Mais aux banquets des cieux règneront les martyrs. »

Autour du prisonnier, dans de tristes nuages,

Se succédaient sans fin de lugubres images :

Dante proscrit fuyant de barbares arrêts ;

Gilbert[13] sur un grabat gémissant ses versets ;

Le sublime Corneille expirant de misère ;

Le chantre de l'Éden, semblable au vieil Homère ;

Chénier sur l'échafaud expiant à la fois

Sa défense du juste et son amour des lois ;

Grecho[14], comme le Tasse, atteint par la folie ;

Le Sueur dévoré par la mélancolie ;

Beethowen abattu sous son infirmité ;

Ribera de haillons couvrant sa pauvreté ;

Camoëns, dans l'horreur de l'exil, du naufrage,

Traînant ses noirs regrets de rivage en rivage :

Justes que des douleurs le vautour déchira,
Victimes des Zoïle ou des lâches Capra[15].

Un vent de mort roulait en confuses spirales
Les innocens martyrs, vierges, races royales,
Jeanne d'Arc au bûcher, Antigone au tombeau,
L'immortelle Cordáy sous le fer du bourreau.
Les ombres se pressaient sur leurs traces sanglantes.
Chacune me montrait ses marques ruisselantes.
Leur troupe s'étendait autour d'un vaste autel
Qu'illuminait au loin un pur rayon du ciel.
L'humanité semblait s'élever par ces justes
A l'accomplissement de ses destins augustes.

. . . .

O mon fils, murmuraient ces élus du malheur,
L'homme ne doit savoir qu'au prix de la douleur.
Ces mots retentissaient : souffrance expiatoire!
Mystère! sacrifice! amour! génie et gloire!
Homme, sache souffrir, prononcaient d'autres voix.
Le plus saint des martyrs est mort sur une croix.

VERSETS.

Versets.

J'ai vu tous les élus, les sages, les poëtes,
Les prêtres, les tribuns, les nobles interprètes,
Raillés pour la sagesse et pour la vérité.

J'ai vu tous les marchands, les vendeurs, les profanes,
Tous les adorateurs des grandes courtisanes,
Loués pour leur richesse et leur iniquité.

J'ai vu de vils mortels, misérables pygmées,
Adorer le soleil des fausses renommées
Et devant leur idole abaisser les genoux.

Leurs troupeaux ressemblaient à ces bonzes stupides,
Adorateurs muets des pagodes splendides
Qu'encense leur sottise ou détruit leur courroux.

J'ai vu les moucherons se mêler aux cigales ;
J'ai vu des basses eaux les troupes gutturales
Étouffer sous leurs cris le chant du rossignol.

J'ai vu les charlatans des salons et des rues,
Pareils à des troupeaux d'insectes ou de grues,
Couvrir le chantre ailé dans son céleste vol.

J'ai vu l'adolescent insulter la vieillesse,
L'âge mûr la croyance, et le fou la sagesse ;
J'ai vu les sots assis se réjouir entre eux.

Leurs troupes ressemblaient à ces essaims d'atomes
Dont l'oblique rayon fait danser les fantômes ;
Ainsi la vanité mouvait leurs flots nombreux.

J'ai vu le pauvre en deuil implorer la justice ;
Il était comme un homme au bord d'un précipice
Ou comme un chien cherchant son ombre au fond de l'eau.

J'ai vu le simple entrer dans son noir labyrinthe.
La toile d'arachné prend la mouche à l'étreinte.
Malheur à l'ignorant qui tombe en son réseau.

J'ai vu, comme un larron, le juste aux pieds du juge.

En vain la vérité lui servait de refuge ;

C'est un léger filet que trompe l'œil adroit.

J'ai vu le piége ouvert sous les herbes touffues ;

J'ai vu le fond du cœur comme un bois plein d'issues.

Je me disais : Seigneur, où donc est l'homme droit?

J'ai vu tous les degrés de la folie humaine,

La foule s'agiter pour suivre une ombre vaine

Et les thésauriseurs enfouir leur trésor.

J'ai vu le sourd nier le son et l'harmonie,

L'aveugle, la lumière, et le sot, le génie.

J'ai vu les nouveaux grands chargés de pourpre et d'or

J'ai vu les baladins sur des chaises civiques;

J'ai vu les grands joueurs des fortunes publiques

Abolir le tripôt et les jeux de hasard.

J'ai vu le philosophe en habit d'étalage;

J'ai vu les préjugés se léguer d'âge en âge,

Semblables à des fils dont chacun tient sa part.

14

J'ai vu les insensés et ceux qu'on disait sages
Comme les empereurs se frapper des images,
Et se tailler vivans aux marbres de leurs dieux..

Mais l'oubli les rongeait comme la vaine idole
Que consume le ver sous sa fausse auréole.
Sur de grands piédestaux j'ai vu des bustes creux.

J'ai vu pendant la nuit passer des météores;
Ils allumaient au loin de factices aurores.
Les ignorans disaient : Ceux-là sont des soleils.

J'ai vu le fou criant : Moi je suis la sagesse;
Le vieillard tout perclus : moi je suis la jeunesse;
Aux clameurs des grillons leurs cris étaient pareils.

J'ai vu le rossignol, enviant son plumage,
Pour l'aigre cri du paon échanger son ramage.
J'ai vu le geai paré du plumage du paon.

J'ai vu le tisserand haranguer dans la chaire,
Le chanteur discourir au forum populaire.
Près du berceau des rois j'ai vu l'homme rampant.

J'ai vu dans tous les temps de grandes multitudes
Se laisser abuser par les similitudes,
Comme on prend l'alouette à l'éclat du miroir.

Aux poissons de la mer leurs troupes sont semblables;
La musique, attirant leurs flottes dans les sables,
Aux filets du pêcheur à l'envi les fait choir.

J'ai vu le voyageur dans sa foi vagabonde
Poursuivre la fortune à l'autre bout du monde;
J'ai vu le fou courir la popularité.

J'ai vu l'esprit de l'homme enfler mille chimères
Comme ces bulles d'eau, changeantes, éphémères,
Qu'un souffle enfle et détruit dans leur fluidité.

J'ai vu la médisance aiguiser sa morsure,
Le sourire à la lèvre, et belle en sa parure,
Comme un serpent qui rit sous le gazon en fleurs.

J'ai vu la sombre envie au teint blême, à l'œil louche,
Distiller en secret les poisons de sa bouche;
J'ai vu l'ambitieux vêtir mille couleurs.

J'ai vu des cheveux blancs sur un front impudique.
J'ai vu l'iniquité s'appeler politique.
J'ai vu le roi Midas assis sur son trésor.

J'ai vu le philanthrope afficher ses largesses,
Et fouler en secret le faible en ses détresses.
J'ai vu l'homme et l'amour pesés au poids de l'or.

J'ai toujours vu la roue éclabousser la herse.
J'ai vu le sort heureux railler le sort adverse.
J'ai vu le mendiant aux portes du bazar.

J'ai vu l'aveugle errer à tâtons par la ville;
Son chien le conduisait dans sa marche débile.
J'ai vu le fou passer au galop sur son char.

J'ai vu comme un dragon l'orgueil de la pensée.
J'ai vu sur un pavois la luxure encensée,
La timide vertu méprisée en son deuil.

J'ai vu dans ses atours la sottise enrichie
Railler le savoir pauvre et l'humble modestie;
Mais j'ai vu le superbe au fond de son cercueil.

J'ai vu se tourmenter l'oisif et le stérile

Pour consumer le temps dans leur ombre mobile ;

Leur ennui ressemblait aux mouches des chaleurs.

J'ai vu les ignorans se mirer dans la glace,

Et courir parfumés de la danse à la chasse ;

Mais leurs jours s'écoulaient comme des flots trompeurs.

J'ai vu des grands convois la douleur étalée :

Un grand bruit se faisait autour du mausolée ;

Au dessous, dans la terre, un silence profond.

J'ai vu les jours de deuil mêlés de fiançailles.

J'ai vu les héritiers suivre les funérailles.

J'ai vu le bien, le mal, comme un gouffre sans fond.

J'ai vu les harangueurs discuter leur science,

L'âge mûr dédaigner sa propre expérience,

Le présent orgueilleux rire du lendemain.

J'ai vu dans tous les temps la parole du sage

Errer, comme la graine, au souffle de l'orage ;

Un germe en fleurissait pour le salut humain.

CHANTS PROPHÉTIQUES.

Aigles du vieux Liban, allons, enlevez-moi !
Cédar, mêle tes cris à mes tonnans murmures.
　　　De ce siècle sacrés augures,
Présages de malheur ou de gloire ou d'effroi,
Mes chants retentiront dans les races futures.
Aigles du vieux Liban, allons, enlevez-moi !

LA GENÈSE DU MONDE.

La Genèse du Monde.

A BALLANCHE.

Salut à toi, prophète! en un cercle de feu
Tu vis, comme Moïse, errer l'ombre de Dieu ;
Ce Verbe dont Platon rêvait la face ardente,
Et qu'en sa trinité fit resplendir le Dante,
Ton génie, inspiré des éclairs du Thabor,
Répéta ses accens sur ta cithare d'or.
Tu recueillis ses sons dans l'antre des Sibylles,
Sur les monts habités par les sombres Dactyles,

Aux rochers du Caucase, où le roi des Titans
Soulevait enchaîné les oracles des temps,
Sur les coteaux d'Évandre, aux runes symboliques,
Dans tous les lieux sacrés par les muses antiques,
Où le vent des forêts et les traditions
Réveillaient du passé les évocations.

Je crois entendre encor, du sein de la fournaise,
Jaillir à flots bouillans la vivante Genèse,
Quand ta voix nous déroule en sublimes tableaux
Les âges créateurs sortant de leurs berceaux,
Et l'idée éternelle enfantant les essences
Et les corps animés par les intelligences;
Les humains s'érigeant sous l'emblème des dieux,
Leurs fastes imprimés dans le livre des cieux,
Et les cycles divins sous leurs robes mythiques
S'enchaînant dans l'espace aux cycles héroïques;
Les mystes éclatans des héros fondateurs,
Hiérophantes saints des cultes bienfaiteurs,
Et la lyre d'Orphée, aux grandeurs sans pareilles,
Dévoilant tour à tour ses augustes merveilles;

Les fléaux suspendus jusqu'au sein des enfers,

L'harmonie à ses lois subjuguant l'univers,

La lumière sacrée inspirant les Pélages,

L'Égypte consacrant les mystères des sages

Et scellant de son sphinx les temps prêts à finir,

Les Sibylles jetant le cri de l'avenir

Sur les trépieds de Cume et de la Samothrace,

L'initiation saisissant chaque race,

Les cités s'animant sous l'esprit immortel,

Les cultes, précurseurs du dogme universel.

Ainsi de l'Océan des sources génitrices

S'échappent sans tarir les flammes créatrices,

Et le monde s'anime en tes chants surhumains,

Comme aux chants d'Amphion les remparts des Thébains.

Et je vois apparaître en vivantes figures

Des destins révélés ces solennels augures,

Les transformations des élémens vaincus,

Les règnes succédant aux règnes révolus,

Et les rayons épars de l'antique Odyssée;

Antigone éclairant la divine épopée,

Les énigmes sanglans , le Cythéron fatal,
La piété, les dieux, l'arrêt holocaustal ;
Les sept voix de la lyre, ingénieux emblèmes
Représentant le monde en ses phases suprêmes ,
Et les âges sacrés, miroirs éblouissans
Où l'histoire se grave en rayons saisissans;
Rome, de l'Occident symbole magnifique,
Enfermant l'univers dans sa forme civique,
Les tables de Numa , reines du Latium,
La jeune liberté s'élançant du forum,
L'orient immobile et le combat des mondes ,
Les principes luttant sous leurs cendres fécondes,
Le serf brisant son joug et le plébéien
Reconquérant ses droits sur le patricien;
La terre, de ses fils devenant le partage,
Les tombeaux, protecteurs de l'antique héritage,
La famille , le culte et la propriété,
Trônes mystérieux où sied l'humanité.

Mais la pensée évoque à travers ces spectacles
De l'être trois fois saint les suprêmes oracles,

Redoutables décrets tombés du Sinaï,

Éclairs que ton œil jette à notre œil ébloui :

L'homme déchu, cherchant son prophétique empire,

Et le reconquérant sous la croix du martyre;

L'arbitre indélébile et du bien et du mal,

Présage lumineux de son sort triomphal :

Dogmes profonds écrits en symboles de flamme

Sur les tables de Fô, dans les temples du brame,

Sous les voiles d'Isis et des dieux syriens,

Sous les emblèmes purs des flambeaux chaldéens,

Dans les traits des humains, au fond des consciences,

Dans les livres sacrés des antiques sciences;

Et les mystères saints de ces terribles lois

Enlaçant tour à tour les peuples et les rois,

Et la communauté des races fraternelles

Accomplissant partout les épreuves mortelles,

Et notre destinée, au sphinx voilé de pleurs,

S'incarnant par degrés sous toutes les douleurs :

Sur la harpe de Job en soupirs lamentables,

Dans Œdipe courbé sous des dieux implacables,

Dans Prométhée en proie au dévorant vautour,

Embrasant les humains du feu de son amour,

De l'expiation solennelles victimes ;
Et le rachat, prédit dans les langues sublimes
Des sommets du Caucase au vieil Hymalaya,
Consommé par le Christ sur le saint Golgotha.

Et l'esprit, t'enlevant sur le trépied orphique,
T'ouvre des jours futurs le spectacle magique,
L'œuvre miraculeux de la création
S'achevant sous le sceau de la rédemption,
Les tribus s'embrassant sous l'arbre du Messie,
Au pouvoir de l'esprit la nature asservie,
Les inflexibles dieux des châtimens cruels
Abjurant leur courroux sur de plus purs autels,
Jéhova désarmant ses signes redoutables,
Le genre humain, vainqueur des sphinx impénétrables,
Dépouillé des liens de la fatalité,
Gravitant à grands pas vers l'immortalité ;
Et les lointains tableaux des sphères infinies
Dont le Très-Haut peupla les vastes harmonies,
Séjours mystérieux des êtres inçonnus ;
Et les tristes déclins de nos cycles perdus,

Lugubres visions du sombre apocalypse,
Le globe vieillissant dans sa mourante ellipse,
Les animaux créés disparus en tous lieux,
Les sources de la vie expirant à nos yeux,
Les morts ressuscitant des vallons, des abîmes,
Élevant, pleins d'effroi, leurs clameurs unanimes,
Et se transfigurant devant le créateur
Dans les zones sans fin du jour supérieur.

Jamais, depuis les jours des antiques merveilles,
Un tel hymne n'émut les yeux ni les oreilles,
Et ton rhythme sacré dans ses divins élans
Épanche ta genèse à flots étincelans.
Soit que l'auguste amant chante près d'Eurydice,
Soit qu'Antigone en pleurs s'élance au sacrifice,
Soit que le char ailé du prophétique Hébal
T'emporte loin des temps au ciel transfigural;
Soit que ta main, peignant d'insondables paroles,
Revête un cycle entier de tes vastes symboles,
Pareils aux vêtemens flottans et radieux
Des ardens séraphins, purs habitans des cieux;

15

Soit que le temps, éclos de lointains crépuscules,
Se condense à ton souffle en vivantes formules,
Synthèses de l'histoire aux mythes infinis
Où viennent rayonner les âges réfléchis,
Notre âme, s'envolant sur ses rapides ailes,
S'ouvre dans l'univers des routes immortelles,
La tempête des nuits s'apaise à tes concerts,
Jéhova se contemple en tes cieux entrouverts,
Et mon théorbe ardent, qu'un même souffle inspire,
Entonne l'hymne saint de son futur empire.

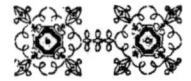

LE

Réveil de la Grèce.

—

HYMNE.

LE RÉVEIL DE LA GRÈCE,

HYMNE.

———————

Naguères un cri de détresse
Retentissait au loin de Messène à Paros.
Mille voix répondaient : En Grèce!
Allons sauver les fils des dieux et des héros.

Allons ! sortez de vos décombres,
Dieux puissans dont la gloire a peuplé l'univers!
Réveillez-vous, sublimes ombres,
Homère, Phidias, dieu des arts, dieu des vers!

Réveillez-vous, dieux de l'Élide,

Dieux dont la voix parlait sur le trépied sacré !

Jeunes divinités du Gnide,

Dieu brûlant de Lemnos, dieu vengeur du Pyré !

Réveillez-vous, dieux des Cyclades,

Dieux qui du firmament allumiez les flambeaux !

Réveillez-vous, blanches Naïades,

Dieux du Styx infernal, dieux des rians coteaux !

Réveillez-vous, dieux de la Thrace,

Magiques déités des bois mystérieux !

Réveillez-vous, divine race,

Muses qui cadenciez vos chœurs harmonieux !

Des dieux partout ! des dieux encore !

Dans l'antique Dodone, aux rocs du Cythéron,

Dans l'air, dans la nuit, dans l'aurore,

Dans les flots de l'Alphée, aux murs du Parthénon !

Des dieux ! le ciseau du génie

Les taillait sur l'Athos aux accords de Linus,

Et les vierges de l'Ionie

Ont servi de modèle aux célestes Vénus.

Des dieux ! les héros et les sages
S'élancent palpitans sur leurs autels brisés.

De la vertu nobles images,
Ils marchent devant nous dans ces lieux consacrés.

De la Grèce ressuscitée
Solon montre à nos yeux les défenseurs meurtris.
Aux hymnes brûlans de Tyrtée,
Les ombres des trois cents conduisent Botzaris.

Allons ! un nouveau jour se lève !
La croix de Constantin brille sur l'Archipel.
Allons ! qu'elle se change en glaive !
Les dieux, les dieux sont morts. Le Christ est immortel !

Enfans d'une terre divine,
Vous n'aurez pas en vain fait retentir son nom.
Le feu sacré vous illumine ;
Du soleil du Thabor le monde est le Memnon.

Entendez-vous ces voix plaintives !
Le barbare Osmanlis profane les tombeaux.
Il souille les vierges captives,
Dans le sang et la mort éteint les saints flambeaux.

En Grèce ! allons sauver nos frères.

Vengeons Sparte, Ipsara s'embrasant pour mourir.

Vengeons tant de croix funéraires;

Aux armes ! levez-vous, soldats de l'avenir !

Les échos répétaient : Aux armes !

En Grèce! allons sauver les pauvres giaours.

Les malheureux offraient leurs larmes,

Les plus jeunes, leur fer ; les vieillards, des secours.

Les bardes chantaient sur la lyre;

Les vierges de Sapho redisaient les adieux.

Tous palpitaient d'un saint délire;

Tous brûlaient d'affranchir les descendans des dieux.

Au bruit de leur concert sublime,

Les martyrs ont frémi dans leurs urnes de sang,

Et jusqu'aux rives de Solyme

L'éclair du Labarum fit pâlir le croissant.

Vieil Orient ! c'est ton aurore

Dont l'éclair, teint de pourpre, illumina ces mers.

Bientôt les soleils vont éclore;

Stamboul, ton trône tremble au sein de l'univers.

A

𝕷𝖆 𝕸𝖊𝖓𝖓𝖆𝖎𝖘 𝖈𝖆𝖕𝖙𝖎𝖋.

A LA MENNAIS CAPTIF.

En ces jours orageux, où la clarté céleste
A tes yeux éblouis d'un vertige funeste
    Parut tout-à-coup s'obscurcir,
Un long cri de douleur s'échappa de mon âme :
Dieu clément, sauve un juste et rallume sa flamme,
    Étoile de notre avenir !

Ainsi je les ai vus s'éclipser dans les ombres
Ces phares glorieux, couverts de voiles sombres,
        Dont il était le roi,
Le chantre de Sion à son culte infidèle,
Et les bardes déchus dont la troupe rebelle
        A renié sa foi.

Augures effrayans de notre âge en ruine!
Toi qui planais jadis dans la splendeur divine,
        Où règnent les élus des cieux,
Comment es-tu tombé de ta sublime sphère,
Pareil à l'ange altier, dont la pâle lumière
        Vers l'orient brille encore à nos yeux?

        Non, parmi les apothéoses
        Qu'éclairent nos soleils trompeurs,
        Baladin couronné de roses,
        Je n'ai point chanté les erreurs.

Psalmiste à l'austère cilice ,
Loin de ma lèvre, ô vérité,
Je repousse l'impur calice
Du doute et de l'impiété.

Mais au cruel stygmate ils ont livré ta tête
 Blanche de combats , de travaux.
L'ombrageuse Thémis , aux ténébreux bandeaux,
 Du peuple a frappé l'interprète,
Le défenseur du pauvre , invoqué dans ses maux.
Captif, je te salue, et maudis tes bourreaux.

Sur ce banc où s'assied un criminel vulgaire ,
Où la honte a marqué son séjour ordinaire,
 Ils ont fait asseoir le vieillard.
Le fléau, dont maint poids incline la balance,
A comme un vil forfait pesé l'intelligence
 Soumise à leur grossier regard.

Qu'importe vieillesse et génie,
Ces deux reflets de l'Éternel ?
Ils mesurent son agonie
A la grandeur du criminel.
Socrate avala la ciguë.
Ils ont toujours un lit d'acier
Pour ce qui dépasse leur vue
Ou leur équerre meurtrier.

Tout sage, tout héros eut sa lugubre histoire.
Malheureux qui s'assied, convive de la gloire,
　　A ses nobles festins.
De ses banquets sacrés les sauvages harpies,
Les persécutions, les chauves calomnies,
　　Souillent les mets divins.

N'est-il pas cet apôtre, écho puissant des âges,
Dont le verbe tonnait dans ses vastes nuages

Sur les idoles du haut lieu,
De l'Évangile armé redoutable ministre?
Tremblez de mépriser son oracle sinistre;
Cet homme est l'envoyé de Dieu.

De ses erreurs l'ombre surnage
Dans ce labyrinthe grondant.
Chaque siècle tourne une page
Fermée au siècle précédent.
L'un bénit ce que l'autre tue ;
Celui-là souffle son flambeau.
L'avenir dresse une statue
A ceux qui n'ont pas de tombeau.

Ses juges! quels sont-ils? des docteurs ou des prêtres?
Ont-ils interrogé l'ordre divin des êtres
Par le sophisme combattu?
Non, le Christ n'a point dit aux enfans de la terre :

Tout césar est sacré, fût-il un Robespierre!

  Rien n'est sacré que la vertu.

Eux, les vengeurs du Christ! Du barbare supplice

  Il abolit le talion.

Est-ce là son autel, cette funèbre lice

Où le scalpel sanglant dissèque le poison.

Jésus institua pour divine justice

  Le repentir et le pardon.

Le Christ, profané par leurs sbires,

Aurait comparu devant eux.

Nos Caïphes aux vils sourires

Auraient jugé l'élu des cieux,

Le patron des races proscrites,

L'ennemi des princes païens,

L'épouvante des hypocrites,

L'accusateur des pharisiens.

Eux, venger la vertu, les Césars, la justice!
Vains masques dont leur haine emprunte l'artifice
    Dans ses arrêts persécuteurs.
Non! c'est la vieille guerre inique, impitoyable,
Du puissant oublieux et du pauvre implacable,
    Des Gracques et des sénateurs.

Or écoutez, vous tous, ou bourreaux ou victimes.
Aveugles, entendez du profond des abîmes!

Un jour, dans le déclin du monde féodal,
Rienzi, le vengeur de Rome en esclavage,
D'abord bouffon d'un grand, puis tribun sans égal,
Armé par le Très-Haut d'un terrible message,
Fit citer les puissans devant son tribunal.
Ils étaient là, chargés de vices, d'anathèmes,
A genoux de frayeur, tremblans, dépouillés, blêmes.
Le tribun les jugea dans son saint appareil.
.   .   .   .
.   .   .   .

La justice du peuple eut un brillant soleil.

Or écoutez, vous tous, ou bourreaux ou victimes.
Aveugles, entendez du profond des abîmes!

Et toi, des nouveaux jours apôtre condamné,
Relève vers le Christ ton front prédestiné.
Par les pauvres souffrans dont tu ceins la couronne,
Par le sang des martyrs dont tu portes le sceau,
Par les pleurs des enfans que le doute moissonne,
Par le sourd désespoir de ce monde au tombeau,
　　Par tant de douleurs innocentes,
　　Par nos ruines gémissantes,
　　Par nos aurores renaissantes,
Viens te régénérer sur ton premier autel,
　　Seul trône des vérités pures.
La loi de l'homme y brille en augustes figures.
Lis ces traits rayonnans sur son centre immortel :
Rédemption! amour! liberté! voix du ciel.

LA DÉLIVRANCE

DE

LA POLOGNE,

VISION.

La Délivrance de la Pologne,

VISION.

———◆◆◆———

Des clameurs s'élevaient des cités et des fleuves,
Semblables aux soupirs des captifs et des veuves,
Et le char des vainqueurs écrasait les vaincus.

Un sourd gémissement sortit de ma poitrine
Et je dis, l'œil levé vers la sainte colline :
Seigneur, jusques à quand souffriront ces tribus ?

Un vent de feu passa sur mon âme éperdue.

Une voix retentit du milieu de la nue :

Regarde à l'horizon ! prophète, ouvre les yeux.

Aussitôt je compris les langues de la terre.

La même voix cria comme un vivant tonnerre :

Annonce aux nations la parole des cieux.

J'aperçus une plage inculte et désolée.

Ses champs avaient l'aspect d'un vaste mausolée,

Et tous ses habitans étaient vêtus de deuil.

Aux portes des cités , sur les tours , dans les rues ,

Des gardes, teints de sang, tenaient leurs lances nues,

Et farouches, veillaient debout sur chaque seuil.

Les sombres gardiens, de leurs mains homicides,

Enchaînaient tour à tour les captifs intrépides ,

Et gravaient sur leurs fronts leur stygmate odieux.

Les uns portaient empreint ce seul mot : Sibérie !

Ceux-là , prêts pour la mort : martyrs de la patrie !

Et des cris se mêlaient aux déchirans adieux.

Les vils bourreaux , du sein des mères expirantes,
Arrachant tour à tour leurs captives tremblantes,
Les traînaient en triomphe aux chaînes des martyrs.

Ces vierges au front pur, filles des Scandinaves,
Marchaient, les bras liés, ainsi que des esclaves,
Et priaient, l'œil en pleurs, avec d'amers soupirs.

Mais, tandis qu'on réglait l'ordre affreux du supplice,
Aux quatre coins du ciel, messagers de justice ,
Quatre anges attendaient l'heure du jugement.

Le premier agitait des palmes d'espérance;
Le second, un drapeau, signe de délivrance;
Les deux autres , un glaive , astre du châtiment.

Soudain un bruit terrible ébranla le rivage,
Comme un bruit de captifs rompant leur esclavage,
Et des chaînes de fer heurtaient l'acier grinçant.

Hommes , femmes , enfans , combattaient en furie
Ce cri vint à jaillir de la troupe meurtrie :
Vierge, protège-nous! Sauve un peuple innocent!

Les deux anges armés, s'élançant vers les portes,
Fondirent flamboyans au milieu des cohortes,
Et touchèrent leurs fronts du glaive de la mort.

Et comme ils délivraient les cités prisonnières,
Les deux anges sauveurs arboraient leurs bannières,
L'un aux remparts du sud, l'autre aux remparts du nord.

Alors, du fond des cieux, des légions joyeuses
Saluèrent en chœur d'hymnes harmonieuses
Leurs frères triomphans parés de leurs rayons.

Les rois, les saints, brillaient dans la troupe immortelle.
Un des anges cria d'une voix solennelle :
La Pologne renaît parmi les nations.

MALÉDICTION

CONTRE LES PUISSANCES.

MALÉDICTION

CONTRE LES PUISSANCES.

———•———

Malheur à vous, vieilles puissances,
Marâtres de l'humanité,
Qui consacrez vos alliances
Par la fraude et l'iniquité.
Vous ressemblez à ces emblèmes
Déployés sur vos étendards.
Le Très-Haut frappe d'anathèmes
Vos aigles et vos léopards.

Malheur à vous qui, dans vos trames,

Dédales de noirs attentats,

Enchaînez sous des nœuds infâmes

Le char sanglant de vos états.

Ils s'épouvantent sur leur base

Comme les trembles des forêts.

Votre propre poids les écrase.

La vengeance écrit leurs arrêts.

Malheur à vous qui sur vos têtes

Portez des fleurons odieux,

Et qui promenez vos conquêtes

A travers les cités en feux.

Le sang des races égorgées

Crie et s'élève contre vous,

Et vos victimes invengées

Vous maudissent dans leur courroux.

Malheur à toi qui de tes serres

Menaces au loin l'Occident,

Et dont les ailes meurtrières

Se balancent sur l'Orient.

Le fantôme de Varsovie
T'environne de son effroi,
Et du fond de la Sibérie
Des voix hurlent : Malheur à toi!

Malheur à toi, barbare empire,
Qui du Caucase aux monts Ourals,
Comme un effroyable vampire
Étends tes drapeaux sépulcrals.
Vaste colosse aux pieds d'argile,
Tu tomberas sur ton chemin;
Ninive, en son ombre immobile,
Te marque ton futur destin.

Malheur à vous dont les entraves
Étouffent le divin rayon
Et qui conduisez vos esclaves
Avec le glaive ou le bâton.
Ces tribus au joug façonnées,
Pareilles aux cruels taureaux,
Dans leurs révoltes déchaînées
Se rûront contre leurs bourreaux.

Malheur à vous, grandeurs hautaines,
Filles de la cupidité,
Qui forgez de vénales chaînes
En criant partout : Liberté!
Vous tenez d'une main menteuse
Le masque adroit de la vertu.
De vos spleens la lèpre honteuse
Ronge votre cœur corrompu.

Malheur à vous dont les navires
Vont spolier les bords lointains ,
Et pour accroître vos empires,
Ravissent d'injustes butins.
Vous portez sur chaque rivage
Votre esclavage corrupteur ;
Mais la fortune un jour d'orage
Engloutira votre splendeur.

Malheur à toi, tyran de l'onde,
Sœur de Carthage et de Sidon,
Qui trafiques au bout du monde
Dans ton avide exaction.

Malheur à toi, plage marchande,
Ile des sauvages Hustings.
Le spectre hâve de l'Irlande
Se dresse à tes pompeux festins.

Malheur à toi, terre perfide,
Nourrice d'éternels complots;
Une trahison homicide
A rougi chacun de tes flots.
De Quiberon à Sainte-Hélène
Retentit ton opprobre amer.
Ton règne est maudit, vieille reine,
Par les proscrits de Westminster.

Malheur à vous, pouvoirs iniques,
Disciples de Machiavel,
Qui, dans vos congrès politiques,
Jouez et la terre et le ciel.
Un voile épais couvre vos crimes
Et les dérobe à tous les yeux;
Mais vous tombez dans les abîmes
Creusés sous vos pas ténébreux.

Malheur à toi, reine boîteuse,
Vil satellite des tyrans,
Qui, dans ta route tortueuse,
Écrases tes captifs pleurans.
Schœnbrunn t'appelle dans la tombe
Près du dernier de tes martyrs,
L'anathème sur toi retombe
Du Spielberg au pont des Soupirs.

Malheur à vous, sombres geôlières,
Dont le joug honteux et fatal
Flétrit les races étrangères
Dans les rayons de l'air natal.
Le glaive atteindra vos cohortes
Comme l'ange exterminateur ;
Vous chercherez en vain les portes
Pour fuir son tranchant destructeur.

Malheur à vous, grandeurs nouvelles,
Qui bâtissez vos fondemens
Sur les ruines criminelles,
Des jours de deuil noirs monumens.

Malheur à vous, aveugles maîtres,
Qui tordez le sens de la loi,
Et, sous les embûches des traîtres,
Éteignez l'astre de la foi.

Malheur à vous qui, dans vos zones,
Régnez par le doute et la peur,
Et qui, pour affermir vos trônes,
Vous couvrez d'un masque trompeur.
Votre chancelant édifice
S'écroulera sans nul espoir.
Vous creusez votre précipice
Dans les dédales du pouvoir.

Malheur à vous, dont l'équilibre
S'assied sur la corruption,
Et qui plongez un peuple libre
Dans les fers honteux de Mammon.
Vous renversez les destinées
Que le ciel mit en votre main ;
Vous changez en sombres nuées
Les colonnes du genre humain.

LES

REMPARTS DE LUTÈCE,

SCÈNE POPULAIRE.

LES REMPARTS DE LUTÈCE,

Scène populaire.

———————

UN CITOYEN.

Quoi ! les fils de Lutèce, à l'ombre des murailles
Veulent ensevelir leur superbe cité ?
Eux, les vainqueurs des rois, les héros des batailles,
    Si jaloux de la liberté !
Eux, les fiers destructeurs des bastilles géantes,
Ils livrent leur défense à cent gueules béantes,
    Sentinelles de sûreté !

DEUXIÈME CITOYEN.

Quelle peur, quel vertige a passé dans leurs veines?

Quel flambeau leur montrait la page des revers?

Pour leurs cœurs amollis voici des coupes pleines.

Esclaves, vous forgez des remparts et des fers!

Paris, ce n'est plus toi, cité libre de chaînes,

    Métropole de l'univers.

UN VIEILLARD.

Contre les ennemis inutile défense!

Quand un peuple sans dieux veille aux portes des murs,

Quand la corruption l'enveloppe en silence,

Mieux que les étrangers, par des réseaux impurs,

    Quand la nuit de la décadence

    Descend sur ses soleils obscurs.

UN PRÊTRE.

Leurs forts n'ont point sauvé l'orgueilleuse Ninive,

Ni la riche Tedmor, le bazar des cités,

Ni Tyr, dont le désert ouït la voix plaintive,

Ni la ville impudique aux mille voluptés,

Des festins de la mort éternelle convive,

    Ni Bactre aux remparts redoutés.

PREMIER CITOYEN.

Dans leurs murs ne vit pas la grandeur des empires;
Et les mêmes fureurs et les mêmes délires
    Les précipitent au chaos.
Le respect seul des dieux fit Rome grande et sainte.
Sparte libre jamais n'eut de fort ni d'enceinte
    Que les vertus de ses héros.

LE VIEILLARD.

Quel culte a consacré vos lares domestiques?
L'intérêt! le seul roi de vos foyers civiques,
    D'où s'exile en deuil la pudeur.
Quels sont les électeurs de vos aréopages?
Les possesseurs de l'or, dieux des nouveaux péages,
    Dont ces murs rassurent la peur.

DEUXIÈME CITOYEN.

O présage soudain de pleurs, de funérailles!
Nos Catons, s'ils vivaient, s'ouvriraient les entrailles.
Plus d'un sentier conduit au destin de Tedmor.
Sous le joug de Mammon la Gaule est asservie.
    Remonte au ciel, ange de poésie;

Fuis! Il n'est plus d'amour, de vertus, de patrie.

Ce sont des dieux tombés aux autels du veau d'or.

LE VIEILLARD.

Déjà le fer cruel, précurseur du ravage,

A profané les bois aimés de nos aïeux.

Nous chercherons en vain l'ombrage

Où s'assit le poëte et qu'appelaient nos yeux.

La paix s'envolera des campagnes fleuries

Où la Seine fuyait le bruit de la cité.

Nous n'aurons même plus nos retraites chéries

Où retrouver la liberté.

CHŒUR DE JEUNES FILLES.

Plus de fleurs, de parfums, de fête, de verdure!

Un farouche soldat gardera nos remparts.

Les ormeaux, dont l'aspect nous montrait la nature,

Disparaîtront à nos regards.

PREMIER CITOYEN.

Si sa gloire en péril voulait des sacrifices,

La France à ses enfans interdirait les pleurs.

Mais à qui serviront ces créneaux protecteurs?

O ciel, détourne mes auspices!

C'est l'œuvre des partis l'un par l'autre abhorrés.

Leur furie a vingt fois ensanglanté la ville

Des coups de la guerre civile,

Écrite encor sur ses flancs déchirés!

Nuits de deuil! pleurs de sang! citoyens massacrés!

Vengeances du pouvoir! hydre à jamais fertile!

A la bombe étrangère effroyables degrés!

CHŒUR DE FEMMES.

Heureux ceux qui sont morts! Nos époux et nos frères!

Nos mains sur leurs tombeaux ont répandu des fleurs.

Lutèce, en ta prison, dans ces jours funéraires

Nous n'aurons qu'un cri de douleurs!

UN JEUNE HOMME.

Le malheur nous étreint sous sa serre jalouse.

O toi que j'aime, accours! Pleure, ô ma tendre épouse.

D'un long voile de deuil entoure tes appas.

Pleure! l'air est flétri. Notre soleil décline.

N'allaite point de fils pour les jours de ruine,

Entre la honte et le trépas.

UN SCULPTEUR.

O merveilles dés arts, monumens séculaires,

Chefs-d'œuvres glorieux des générations,

Marbres, temples, tombeaux, vous, nos dieux tutélaires,

Livres saints des traditions,

Sur le cercueil de la patrie

Serez-vous consumés à vos derniers autels !

Noirs fléaux de la barbarie,

Qui dévoriez un monde aux murs d'Alexandrie,

Descendrez-vous encor sur les pâles mortels?

CHŒUR.

Grand Dieu! reverrons-nous les hordes étrangères

S'abreuver à notre onde une seconde fois?

Femmes, vieillards, broyés sous leurs mains meurtrières,

Les assassins souiller nos temples et nos toits ;

La famine et la flamme, horribles messagères,

Décimer le peuple gaulois.

DEUXIÈME CITOYEN.

Loin, bien loin de nos murs, les tours, les citadelles!

De nos aînés cherchons les étincelles

Dont la gloire féconde environne Paris.

Braves sur l'échafaud comme au sein des batailles,

Ils payaient de leur sang nos vieux droits reconquis,

Et s'il faut imiter leurs nobles funérailles,

    Nous périrons sur nos débris.

LE VEILLARD.

Ah! ce qu'il faut bâtir , ô races corrompues,

Ce sont les vrais remparts des fortes nations :

L'amour du beau, chassé de vos âmes perdues,

Justice, honneur, devoir, sublimes bastions!

Les croyances, les mœurs, invincibles gardiennes,

Les civiques vertus et les vertus chrétiennes,

    Flambeaux des générations.

CHŒUR DE FEMMES.

Patrone de Lutèce, ô chère bienfaitrice,

    Qui détournas par tes vœux innocens

      La verge exterminatrice,

Abaisse encor sur nous tes yeux compatissans.

Dans le jour du péril , contre les flots sauvages

Des barbares nouveaux, protége ta cité.

Ne laisse pas souiller nos maisons, tes images,

    Et l'autel de la liberté!

La chute de Stamboul.

LA CHUTE DE STAMBOUL.

Hurlez, murs de Stamboul! votre ruine approche.
Pleure, cité du Turc, aveugle au cœur de roche.
    La mort accourt dans ton chemin;
    Sur toi s'étend son voile sombre.
Mahomet ne pourra te sauver de son ombre.
Le règne du croissant penche vers son déclin.

Que le pâle santon se lève sur tes places ,

    Chargé de fers et de lambeaux.

Que tes hideux fakirs , hérissés de menaces ,

Jettent sur tes harems la cendre des tombeaux.

Que le derviche en deuil, dans ces heures marquées ,

    Frappe aux portes de ton divan ,

Et que ton grand muphti, dans tes vieilles mosquées ,

    Prêche ton dernier ramazan.

Car tes jours sont comptés , ô cité de l'hégire!

Le trône des Osmans , de meurtres entouré ,

    Chancelle sur son vaste empire

Comme un figuier maudit par les vers dévoré.

Des descendans d'Omar race dévastatrice ,

    Ta barbarie enfante ton supplice ;

Ton colosse , insensible aux rayons du vrai jour,

    Périra sous ton noir vautour.

Fléau du Tout-Puissant , messager de colère ,

    Marqué du sceau de la fureur,

Tu passais, au milieu des peuples de la terre ,

    Dans le désastre et la terreur.

Les temples, mutilés par tes mains homicides,
  Servaient de proie à tes spahis.
  Tes iconoclastes stupides,
De carnage enivrés, dansaient sur les débris.

Mais ton heure a sonné! Du fond de tes abimes
  Sortent de longs gémissemens.
Les plaintes des harems et les cris des victimes
Râlent, comme une mer, en tes sourds fondemens.
Tes eunuques impurs et tes muets sinistres,
  De ta rage odieux ministres,
Rehaussaient les splendeurs de tes honteux plaisirs.
Leurs sanglots vont répondre à tes derniers soupirs.

  En vain, dégoûtant de carnage,
Le meurtrier des Grecs a cru te rajeunir.
Sa lugubre auréole éclaire ton naufrage.
  « C'était écrit! » Tu dois périr!
Mourante, il te devance aux limbes funéraires.
Pleure! sa main fatale, instrument du Seigneur,
  Dans le sang de ses janissaires
Éteignit les flambeaux de ta vieille grandeur.

Lamente-toi, Stamboul! la Grèce, ta captive,

Libre et chrétienne sur sa rive,

Ne vient plus enrichir ton odieux butin.

Tu ne raviras plus ses enfans et ses femmes

Pour tes tribus infâmes :

Ta chute est annoncée aux feux de Navarin.

Arrache tes joyaux! la reine des corsaires,

Ta féroce et sanglante sœur,

Algésaïr a vu s'écrouler ses repaires

Sous les foudres du Franc vengeur.

Brigand des mers, dans ses murailles

Elle riait des malédictions.

Son orgueil, des chrétiens comptant les funérailles,

Extorquait l'or des nations.

Où sont-ils ces forbans, dont la rapine impure

Habitait les affreux séjours?

Le boulet de ses forts a brisé la ceinture;

La flamme a dévasté ses tours.

Les hordes du désert, autour d'elle accourues,

En ont poussé d'horribles cris,

Et la croix, que foulaient leurs barbares cohues,
   Brille sur ses murs asservis.

Ainsi tu tomberas, ô superbe sultane,
   Dans l'angoisse et le désespoir,
Et des mers de Crimée, à ton trône profane,
   La ruine viendra s'asseoir.
    Tes chaînes d'or en honteuses entraves
     Se changeront pour ton trépas,
Toi qui, dans tes bazars, trafiquais des esclaves
    Et buvais les pleurs des rayas.

Hurle au pied du Taurus [16] ! tes fiers pachas rebelles
   Déchirent ton sanglant manteau.
Tes visirs ont livré les clés des Dardanelles
   Et t'ouvrent la nuit du tombeau.
    Apprête en ta cruelle ivresse
La torture et le pal, tes instrumens affreux.
Demain les rois du nord, qu'implore ta détresse,
   Viendront te dépouiller entre eux.

Du couchant et du sud, des remparts et des rives,
Monte la désolation.
Le vampire maudit, aux lèvres convulsives,
Se glisse en tes palais pour la destruction.
Tes portes de sang arrosées
Crouleront en tumulte aux yeux des giaours,
Et les peuples iront chantant dans leurs risées,
Aux accens des joyeux tambours.

INVOCATION

AU

PONTIFE ROMAIN.

INVOCATION AU PONTIFE ROMAIN [17].

O pontife sacré de la ville éternelle,
Successeur de l'apôtre, écoute mes accens.
Le vieil âge se renouvelle.
Des signes ont paru dans l'ombre universelle;
Nos soleils sont voilés de linceuls menaçans.

Sibylles et prophètes
S'agitent éperdus parmi les nations.
Le glaive des tempêtes
Pousse à flots orageux les générations.

Des voix ont blasphémé : « Malheur au sanctuaire !
Le Christ est détrôné des sommets du Calvaire. »
Couronné de fléaux,
Le sombre esprit du mal, secouant ses flambeaux,
S'apprête à renverser ton trône séculaire
Dans un océan de tombeaux.

Les mortels, consumés de flèches dévorantes,
Penchés sur leurs lampes mourantes,
Implorent vainement un arc-en-ciel divin.
Je meurs, a dit la vierge en son âme orpheline ;
Je meurs, a dit l'enfant que la détresse incline
A l'aurore de son destin.

Dans les ombres de la démence
Une angoisse profonde accable nos tribus.

Je meurs, a dit le monde en sa ruine immense.
Le vertige saisit les sages, les élus,
    Et les lyres désespérées,
      Par le doute égarées,
Se brisent en jetant sous la main du malheur
    L'anathème de la douleur.

    Rome, tes pompes impuissantes
Ne sauraient apaiser les âmes gémissantes
Où ne descendent plus les sources de la foi.
Ne sens-tu pas frémir ta mamelle féconde
    Pour le salut du monde?
O cité de saint Pierre, il est temps, lève-toi !

Fille du Golgotha, ton Dieu n'est point d'argile.
Dépouille le bandeau de la lettre immobile
Comme l'oiseau sacré, symbole triomphal,
    Son vêtement fragile
    Sur le bûcher holocaustal.

Élance-toi, phénix, de tes cendres divines.
Brûle comme un encens ces terrestres ruines,

Profanes ornemens du pouvoir pastoral.

Que le captif tressaille en voyant ta bannière !

Du Verbe rajeuni fais briller la lumière

    Sur l'autel de l'agneau pascal.

    Retrempe-toi dans les eaux vives

    Des agapes de l'avenir.

    Rédemptrice, ouvre à tes convives

    Les fontaines du Dieu martyr.

    Enflamme de tes harmonies

    Les peuples dans l'orage épars ;

    Inspire leurs puissans génies,

    Les lois, la patrie et les arts.

    Le linceul sacré du Calvaire

    Se déploie en plis radieux

    Comme le voile séculaire

    Que le temps soulève à nos yeux.

    Gigantesque et sublime lange

    Jeté sur les jours féodaux,

    Il se déroule sans mélange

    Dans l'arche des siècles nouveaux.

Ces textes rayonnans qu'illumine l'aurore
Sur le livre divin de notre humanité,
Éclatent en tous lieux comme un miroir sonore :
Intelligence, amour, nature et vérité!
Flambeaux des jours futurs, merveilleuse mandore,
    Reflets de la Divinité.

Des trônes, des autels, qu'on lave les souillures!
Du vieux monde expirant dans ses sanglans augures
Tire un monde plus chaste aux feux du Golgotha.
Abolis sous l'éclat des lumières nouvelles
Les hideux échafauds, les chaînes temporelles,
    Devant le nom de Jéhova.

Semblable au Christ vainqueur des zones sombres,
    Ton règne, enveloppé d'ombres,
Renaîtra glorieux dans un plus pur éther.
Quelle palme, ô Sion, va couronner ta tête !
    Ton trône lumineux s'apprête,
Et tu triompheras des portes de l'enfer.

Joie et grâce aux races proscrites !

Le vieux sol d'Orient palpite à tes flambeaux.

De force et de vertu ceins tes jeunes lévites

Pour les apostolats nouveaux.

Que la colombe les embrase !

Sur les traces de Paul, d'Augustin, d'Anastase,

Qu'ils aillent conquérir les plages de la mort,

Où tes élus marchaient dans la même espérance,

Martyrs, messagers d'alliance,

Sous les ardeurs du sud, sous les glaces du nord.

Sous nos cieux menaçans, couverts de sombres voiles,

Rallumez les vives étoiles

De l'espérance et de la charité.

Du couchant au levant, volez, chœurs héroïques,

Apôtres de l'humanité.

L'orgue triomphateur entonne ses cantiques

De gloire et de fraternité.

Prophétie aux Nations.

PROPHÉTIE AUX NATIONS.

Du prophète d'Amos l'esprit victorieux
M'emporte à l'occident sur ses ailes de feux.
 Quel nuage sanglant s'entrouvre !
 Le voile des temps se découvre.
Astres, cadencez-vous dans vos brillans déserts.
Les siècles déroulés entonnent leurs concerts.

Terre, élève ta voix! Océan, ton murmure!
Des chœurs harmonieux animent la nature.
        Le jour a remplacé la nuit.
        Les fers tombent; la peur s'enfuit.
Ulin, Sparte, Burgos, Rome, Grodno, Lutèce,
De rameaux verdoyans couronnent leur jeunesse.

Forgez des instrumens et de vie et d'amour.
Que le glaive se change en un soc de labour![18]
        La moisson, ravissante image,
        Fleurit sur le sol du carnage.
La cloche envoie au ciel ses sons religieux
Que n'interrompent plus les bronzes furieux.

De la jeune Sion les tribus fraternelles
Rassemblent à sa voix leurs chaînes immortelles.
        L'astre des temples protecteurs
        Darde ses rayons bienfaiteurs.
L'encens brûle et s'exhale au sein du sanctuaire.
La divine rosée embrase le Calvaire.

Lampes du Golgotha, brillez, sacrés flambeaux !
Votre éclat se rallume à des soleils nouveaux.

Ceignez, ô troupes virginales,

Vos blanches robes triomphales.

Anges purs de l'amour, épanchez vos trésors.
Harpes, joignez vos chœurs aux concerts des cinnors !

Soleil, lyre, océan, unissez vos louanges.
Nature, viens sourire à l'enfant dans ses langes.

Dépouille ton obscurité,

Arche de l'immortalité.

L'occident, pour chanter ses grandeurs infinies,
N'a plus assez d'encens, de fleurs et d'harmonies.

Cieux, versez à longs flots vos nectars odorans.
Marais, desséchez-vous ! rocs, jetez vos torrens !

Des ailes ! des voiles ! des rames !

Répandez-vous, langues de flammes.

La terre se transforme au souffle des humains.
Le désert ombragé reverdit sous leurs mains.

Le rossignol soupire où criait la chouette.
Le génie inconnu perce l'ombre muette.
　　Pouvoir vainqueur, dompte les corps !
　　La pierre enfante des accords.
Chars de feu, qui volez dans l'étendue immense,
Portez aux bords lointains la céleste semence.

Où m'entraîne, à travers ces vastes régions,
Dans son vol orageux, l'esprit des visions?
Le vent roule à mes yeux les plaines desséchées,
Comme un sacré parvis de sépulcres jonchées.
Ainsi Josaphat luit devant Ézéchiel,
Quand il ressuscita sous le Verbe éternel.

O moissons de la mort, géantes pyramides,
Ossemens étendus dans ces plages arides,
　　Pourquoi frissonnez-vous soudain ?
Seigneur! souffle sur eux la parole de vie.
　　　Que ta voix les convie :
Ils se réveilleront dans le concert humain.

Le brigand du désert dresse en sifflant sa tente
Sur ces sables où pèse en son urne éclatante
  Le sceau des malédictions.
Là hurle le chacal, le semoun tourbillonne.
   Lève-toi, Babylone!
Sors de ton blanc linceul, reine des nations.

Images du passé, monumens funéraires,
Planent sous le soleil ces débris séculaires
  Qu'interroge le voyageur.
Les sables n'ont plus d'ombre, et l'onde au loin expire.
   Réveille-toi, Palmyre!
Sors de ton lit de marbre, ô fleuve de splendeur.

Cités dont l'œil en vain cherche le sol profane,
Réveille-toi, Sidon! lève-toi, Bactriane!
  Tombes qu'insultait l'Osmanlis,
Colosses de Balbec, sortez de votre poudre.
   Murs frappés par la foudre,
Ninive, lève-toi! renais, Persépolis [19]!

Est-ce l'Éden qui se ranime

Dans ces champs fécondés du ciel ?

J'entends retentir vers Solyme

Les harpes saintes du Carmel.

L'arche agreste des maronites

Se change en temple harmonieux.

O Juda ! de jeunes lévites

Célèbrent ton réveil pieux.

Pareilles aux cités des lugubres momies ,

Apparaissent plus loin les races endormies

Sous les bandelettes des dieux ,

Royaumes vagissans dans leur vieille poussière.

Seigneur, connaîtront-ils la vie et la lumière ?

Abaisse ton regard sur eux.

L'idole croule en pleurs dans les temples du brame.

Ancêtres de Dagon , périssez par la flamme,

Trônes de l'antique Mammouth !

Pontifes du soleil, ouvrez vos tabernacles.

Les temps prophétisés par la voix des oracles

Renversent l'autel de Vishnou.

Immobiles réseaux de l'immobile empire,

Comme un épais brouillard, l'ouragan vous déchire.

    Ébranle-toi, stérile écho.

Pagode, disparais dans ton stupide emblème.

Bonze, lève les yeux vers la source suprême,

    Et brise les tables de Fô.

Le foudre étincelant serpente dans les nues.

Sa flèche a réveillé les hordes inconnues

    Qu'entoure l'ombre de la mort.

Dressez-vous, ô vieux sphinx, sur vos trônes de bronze.

Le brame épouvanté sous les marbres du bonze

    Veut fuir en vain l'arrêt du sort.

Je vole en frémissant sur le char du prophète.

Seigneur, du sud au nord s'agite la tempête?

—Vers les feux du couchant vois ce monde au berceau!

Hier dans sa valve obscure, il marche à mon flambeau.

Habitans indomptés de la neige ou des sables,

Enfans noirs ou cuivrés des tribus innombrables,

    La lumière éclate à vos yeux,

Videz-vous à jamais, réservoirs de vengeance,
Ministres et fléaux qu'armait la Providence
    Dans ses décrets mystérieux.

Soudain du sein de l'ombre, un monstre aux mille formes,
    Débris géant des dieux informes,
Vient combattre en grinçant l'ange de Jéhova.
Sur son noir bouclier pendent les effigies
    Des antiques idolâtries,
Les emblèmes du mage et l'hydre de Siva [20].

Plus puissant qu'autrefois, il parut sous sa cendre,
    Dans les murs fameux d'Alexandre,
Quand sa chaîne dorée [21] embrassait l'univers,
Tel que Sennachérib, il traîne des armées
    Par son souffle impur animées,
D'infidèles tribus, des prophètes pervers.

Semblable aux tourbillons, son livide passage
    Des peuples trouble le rivage.
Il vole pour s'asseoir sur l'autel du Seigneur

Les esprits de lumière, accourus de leurs trônes,
Chassent le roi des noires zones,
Et plongent ses guerriers dans l'abîme vengeur.

Rugis, voix de l'enfer! que la mort se réveille!
Le Verbe dont Pathmos entendit les accens
Résonne à mon oreille
En sons retentissans.
Embouchez la trompette, archanges menaçans.
Malheur à vous, adultères amantes!
Des colères de Dieu les coupes écumantes
Ruissellent sur les nations.
Dépouillez vos bandeaux et vos urnes fumantes,
Reines des prostitutions.
Le tranchant lumineux des célestes épées
Consume les races frappées.
Tombez, voiles obscurs, au regard ébloui!
Le Fils de l'homme brille assis sur les nuées
Dans le règne de l'infini.

Cris de l'enfer, silence! invisible prélude,
L'éternelle béatitude

Suspend ses palais radieux.

Des saints et des martyrs se rassemblent les âmes.

Je vois rayonner dans les flammes

Le livre sept fois clos du sceau mystérieux.

Salut ! vierge d'amour ! Jérusalem divine !

Un soleil vivant t'illumine.

Dans tes pures splendeurs, les nouvelles tribus,

Ceintes d'écarlate et d'hermine,

Savourent à longs traits les coupes des élus.

Heureux les noms gravés sur l'arbre de la vie !

Les gentils, que la foi convie,

Mêlent leur multitude aux enfans d'Israël.

Redis leurs chants, harpe ravie :

Gloire à l'Agneau sauveur ! gloire au trône éternel.

Le Dernier Chant.

LE DERNIER CHANT.

A LUCIA.

——————

L'esprit de Dieu se tait sur la corde tremblante.
Ainsi le vent du soir expire dans les bois.
A toi le dernier chant de ma lyre brûlante
Dont les sons bien aimés frémissent à ta voix !
A toi, sœur de mes jours, fille des chœurs antiques,
A toi, dont le regard brille du même feu ;
A toi, que le rayon des ardeurs séraphiques
    Illumine au terrestre lieu !

A toi, qui vins unir, compagne fraternelle,
Les accords de ta harpe à mes concerts de deuil;
A toi qui réchauffas de ton souffle fidèle
Mon front environné des ombres du cercueil!
A toi, lampe d'espoir, qui luis dans mes ténèbres!
A toi qui partageas le froid de mon chemin;
A toi qui fis briller sur mes songes funèbres
    L'éclair d'un glorieux destin!

A toi, chaste amitié, flambeau d'intelligence,
qui transformes la vie en un sublime autel;
A toi, noble captive, impérissable essence,
Dont l'argile enchaîna le désir immortel!
A toi coupe embaumée où ma douleur s'oublie!
A toi que j'appelai dans mes soirs d'abandon,
Quand je sentais gémir sous ma main affaiblie
    Le lugubre psaltérion.

J'ai vu pâlir mon front dans l'obscure détresse
Sans perdre les rayons du pieux souvenir,
Et mourir le flambeau de ma triste jeunesse
Sans cesser d'invoquer l'ange de l'avenir.

J'ai traversé muet dans ma lente agonie
Des limbes plus profonds que ceux du Gibelin,
Et, penché sur la tombe où dormait mon génie,
    Conjuré son foyer divin.

Vierge, tu m'apparus dans la nuit ténébreuse
Où les cris du dragon rugissaient contre moi,
Non comme Béatrix, sereine et radieuse,
Sur un trône entouré des anges de la foi,
Mais, couverte de deuil, pareille aux saintes femmes
Dont la pitié céleste adoucit nos douleurs,
Séraphins embrasés d'inextinguibles flammes
    Dans le calice amer des pleurs.

Calice intarissable, ô source dévorante!
Nous avons bu ton philtre à flots mystérieux.
Foudre, bois de la mort, sympathie enivrante,
Célébrez notre hymen pour la terre et les cieux.
Salut, cyprès, soleil, orageuse nature,
Palmes des fiancés, couronnes des martyrs!
Couvrez de vos splendeurs la double créature
    Noyée au sein de ses soupirs.

Si l'extase arrachait de mes lèvres austères

Le chant qui vient frémir dans ce dernier accord,

Toute oreille entendrait d'insondables mystères

Que nul théorbe humain ne fit ouïr encor,

Ni les bois d'Irmensul, ni les rives de l'Èbre,

Ni l'écho du Liban, ni les rocs sibyllins,

Ni les amours sacrés que module ou célèbre

    La lyre des grands pèlerins.

Ma sœur, ô Lucia, ma divine exilée,

Mesure mon délire aux sons de l'instrument.

J'entends errer des voix dans mon âme ébranlée...

Mais la corde se brise en son frémissement.

Silence, oracles sourds, descendus sur ma tête,

Jusqu'à l'heure inconnue où l'éclair du Sina

Viendra vous réveiller aux feux de la tempête,

    Ou dans les chœurs de Jéhova.

FIN

NOTES.

NOTES.

NOTE DE LA PRÉFACE.

Parmi toutes les billevesées paradoxales, qui ont eu cours dans ces derniers
temps, je n'en citerai qu'une seule , déja indiquée dans ma réponse à M. de
Lamartine, et revêtue d'une apparence de sérieux : la poésie n'est pas un labeur social. Sagit-il de la mauvaise poésie ? c'est l'affaire de la critique, et
en vérité la camaraderie ne l'a rendue que trop commode et stérile. Mais
l'enseignement fécond de la vraie poésie n'équivaudrait pas à celui d'un
professeur de sixième, à l'état d'un maneuvre? Est-il donc nécessaire d'avoir
une chaire ou une patente , sinon un costume de député , pour remplir un
rôle social ? Veut-on dire que ce n'en est pas un parce qu'il n'assure pas le
pain quotidien , comme celui des agens de change ou des manufacturiers ?
Excellent moyen pour disculper la société aux dépens de la poésie. S'il n'y
avait pas de bénéfices ecclésiastiques , la profession de prêtre ne serait pas
un labeur social ? En ce cas , pesez votre état au poids de l'or et vous irez
loin. Philosophes, poëtes, moralistes, ne remplissent pas un état social ? A
quoi tendent ces folies, sinon à renverser la morale, les nobles choses sous
la suprématie des besoins matériels. De grâce, ne nous ramenez pas à la religion naturelle rêvée par Volney, qui recommandait aux filles d'être sages,
parce qu'elles trouveraient toujours de bons établissemens en récom-
pense de leur vertu. Écoutez ces proverbes enchanteurs , recueillis de
bouche en bouche et applaudis par bien des honnêtes gens : le sentiment ne
remplit pas la bourse. — La poésie ne vaut pas une pistole. — La vertu
ne tient pas lieu de soupe. — Voilà les derniers termes du culte utilitaire.
Avec cela faites des artistes et des poëtes, des hommes généreux et un grand

20

peuple. O humanité ! ô civilisation ! Tel est, après tout, dans l'organisation présente, le fondement du droit du sens électoral, sous l'empire duquel se promulguent logiquement ces sublimes bestialités à l'ordre du jour.

NOTES DES CHANTS NATIONAUX.

LA MORT D'ANDRÉ CHÉNIER.

[1] La publication des fragmens politiques, très-peu connus, d'André Chenier, achèvera de mettre au jour le véritable caractère du chantre de *la Jeune Captive*. Ce n'était point un simple paraphraseur de la Grèce ; rempli du culte religieux de l'antique , à défaut du génie chrétien fort tristement effacé de son époque, il était digne de la liberté qu'il chanta et défendit à la fois. Sa mort fut le résultat inévitable de sa vivante opposition aux principes de la Montagne. Il est consolant de voir, parmi tant d'honnêtes gens sans cœur , le poëte élever courageusement la voix en face de l'échafaud pour la cause du bien et de la justice. Celui-là était bien de l'auguste race renvoyée de nos jours au rabot ou à quelque chose de pis. Relisez, pour vous en convaincre, ses belles odes sur *Charlotte Corday*, *le Jeu de Paume*, etc. Que sont auprès de cela les élégies érotiques avec lesquelles on a d'abord fait sa réputation. Nonobstant le goût du joli et du mesquin parmi nous , je regrette de trouver dans le même recueil un mélange de pièces si disparates dont il aurait, j'en suis sûr, retranché une bonne partie de ses propres œuvres.

JEANNE D'ARC ET CHARLOTTE CORDAY.

[2] Ce n'est pas sans motifs que j'ai réuni dans la même pièce les deux noms de Jeanne d'Arc et de Charlotte Corday , à ceux de Jeanne Hachette et de sainte Geneviève. L'association des vertus guerrières , civiques et religieuses , n'est-elle pas la véritable expression du sentiment de l'humanité ? Ne sont-elles pas les rayons de l'auréole nationale ? Je n'ai pas besoin au reste d'observer que je n'ai point considéré les biographies plus ou moins détractrices de Charlotte, pas plus que je n'ai consulté *la Pucelle d'Orléans*,et que des rapprochemens qui pourraient paraître inadmissibles dans une partie liturgique, sont tout simples dans la série des chants nationaux. Je l'ai dit en commençant, et je le répète, l'auteur des *Chants du Psalmiste* voudrait voir associés à jamais ces trois mots : Religion, humanité, patrie. On a trop souvent, dans de funestes discords, séparé ces trois élémens de la force morale des peuples, et en France surtout, grâce à l'esprit frondeur, on a négligé l'exaltation de ces beaux modèles laissée aux vaines apothéoses de partis, et aussi

utile pour les mœurs, je crois , que les déifications des locomotives ou des Dagueréotypes. Jeanne d'Arc n'avait, jusqu'à ce jonr, qu'une méchante statue expiatoire à Rouen , lieu de son supplice , et une autre à Orléans , lieu voisin de sa naissance. La statuette récente de la princesse Marie, en remplissant sa place au musée de Versailles , ne saurait subvenir à l'absence de monumens de l'héroïne dans la capitale. Jeanne Hachette , la libératrice de Beauvais, n'a, je pense, de statue que sur la place principale de la ville qu'elle a sauvée des Bourguignons et des Anglais. Charlotte Corday n'en a nulle part, soit peur, soit oubli. Sainte Geneviève , à tant de titres la patronne bienfaitrice de Paris, n'est fêtée que dans les églises. Pourquoi leurs images ne seraient-elles pas élevées sur nos places , dans les musées, dans les panthéons, à l'exemple des héros et des rois célèbres, dont quelques-uns semblent seuls possesseurs du terrain monumental? On sent très-bien que nous réclamerions celle d'André Chénier, au milieu des poëtes martyrs patriotiques. L'érection des statues des gloires de la France , improvisée pour les funérailles de l'empereur , nous a donné une ébauche de ces apothéoses futures, où l'art, la poésie et le sentiment général se retremperont à la fois, et dont chaque province devrait retrouver les titres dans ses archives municipales ; mais il faudrait pour les créer et les comprendre un véritable esprit national, un autre , en un mot, que celui qui a présidé à l'exécution des tableaux à tant la toise, et des mélanges choquans de la place de la Concorde.

LE RAPSODE TOSCAN OU LE CHANT DE RIENTZI.

3 On trouve dans le second volume du *Livre rose* (roman de femmes), la traduction d'une curieuse chronique italienne , qui fait originalement connaître la vie de Cola di Rienzo ou Rientzi, le tribun, l'illuminé du peuple de Rome au quatorzième siècle, dont le rôle extraordinaire n'a été qu'esquissé par les autres his'oriens. Le fond de mon apologue épisodique n'est point une fable, comme on pourrait le croire , ni le héros une fiction. Je n'ai changé que le lieu et quelques accessoires de la scène du Rapsode Toscan. N'est-ce pas là une bien parlante figure de la poésie de notre âge?

NOTES DE STELLA SACRA.

LE SCALDE ET LE BARDE.

5 *Asgard*. Une des douze demeures du Walhalla, paradis des Scandinaves, dont les ases étaient les bons anges , et où les élus étaient servis par des vierges immortelles nommées Walkiries.

6 *Cathlin*. Nom de l'étoile du soir chez les Calédoniens. La plupart des noms étrangers employés dans cette pièce sont tirés des poésies galliques, popularisées chez nous par les poëmes d'Ossian.

7 *Hella*. Divinité de la mort chez les Scandinaves. On lui rendait un culte terrible et cruel. Toute la mythologie du Nord, une des plus poétiques, est renfermée dans l Edda.

8 *Odensée*. Ancienne ville principale des Scandinaves, bâtie par Odin, renversée par les Saxons, dans les plaines d'Upsal. On en découvre encore des traces parmi les monumens rhuniques. Il est à regretter qu'il ne nous reste presque plus rien des Scaldes danois, dont Charlemagne avait recueilli de précieux fragmens, perdus depuis, et qui eussent ajouté un riche complément aux poésies des Bardes.

9 *La voix du solitaire*. Ossian désigne ainsi, dans un de ses derniers poëmes, l'un des premiers missionnaires chrétiens qui vinrent s'établir en Écosse :

Enfant de la roche isolée,
Les doux sons de ta voix réjouissent mon cœur.

LES DEUX GÉNIES.

10 *Richter*, écrivain allemand, a traité un épisode intitulée, *l'Éclipse de lune*, qui, dans une donnée totalement différente, offre néanmoins quelques rapports de détails avec mon sujet. Voici l'épisode de Richter. Les filles d'Ève, c'est-à-dire les âmes des filles à naître, et celles qui sont revenues chastes de la terre, sont rassemblées auprès de leurs mères chéries, dans les plaines bleuâtres de la lune, leur séjour habituel. Une éclipse de lune, phénomène qui parait avoir lieu tous les cent ans, vient marquer l'heure fatale où une partie des filles d'Ève doit quitter son Éden, pour aller subir l'épreuve terrestre. Un coup de foudre sonne aux âmes éperdues le dix-huitième siècle, en signe de séparation. C'est alors que leur apparaissent l'ancien tentateur de la mère des hommes et le génie de la religion, pour leur apprendre leur nouvelle destinée. Tout en reconnaissant les traits ingénieux dont l'auteur allemand a orné sa fantaisie, et surtout de ses deux poétiques créations, dont j'ai moi-même employé le symbole, il est impossible de ne pas remarquer ici l'absurdité du genre fantastique, introduit comme on a voulu le faire dans la poésie sérieuse. Combien de fantaisies aussi niaises, aussi extravagantes que cette éclipse de lune, et ces filles d'Ève, n'a-t-on pas donné, revêtues d'un style plus prétentieux, comme des créations poétiques, en dehors de l'humanité, du dogme, de la science et de la raison ?

LE CANTIQUE DES CONSTELLATIONS.

11 *Le Cantique des Constellations* devait naturellement compléter les inspirations astrales du *Psalmiste*, après *les Comètes*, *l'Étoile de Lucifer*, *l'Hymne au Soleil*. Ne pouvant rien créer de plus beau ni de mieux adapté à mon sujet, j'ai imité celui de Klopstok, avec de légères variantes. Qu'est-ce que les froides paraphrases de J. B. Rousseau, près de ce texte admirable, longuement commenté depuis dans tant de volumes de vers? Le propre des génies créateurs est de résumer. Voyez *la Bible*, Homère, Corneille.

TABLEAUX DES JUSTES.

12 « Pourtant elle se meut. » On connaît ce mot célèbre de Galilée, dans sa prison, la seule réponse que le malheureux astronome opposait à la condamnation du Saint Office, pour l'hérésie apparente de sa découverte du mouvement de la terre. C'était pour le sacré tribunal le cas de se rappeler cette parole de l'apôtre : La lettre tue et l'esprit vivifie.

Gilbert sur un grabat gémissant les versets.

13 La mort de Gilbert, comme celle d'André Chénier, n'est peut-être pas assez connue sous sa véritable face. Ainsi que le chantre de *la Jeune Captive*, il périt martyr de la noble cause qu'il avait embrassée dans ce siècle de dissolution. Cette cause était celle de la morale, de la religion, de la poésie sacrée, je dirai presque celle que je défends, et qu'il essaya de venger dans sa guerre contre les encyclopédistes. Son admirable satire survivra peut-être à la babel du 18e siècle. Hégésippe Moreau, dont le nom vient se placer à côté de celui de Gilbert, déjà précédé par Malfilâtre dans sa route de détresse, n'appartient certe pas au même ordre de poésie. Toutefois, auprès des essais vagabonds d'une jeunesse abandonnée, dans la pièce où il s'est révélé le plus poëte sur le même lit de douleur, il a ressaisi le caractère moral de la muse :

UN SOUVENIR D'HOPITAL.

Sur ce grabat, chaud de mon agonie,
Pour la pitié je trouve encor des pleurs.
Car un parfum de gloire et de génie
Est répandu dans ce lieu de douleurs.
C'est là qu'il vint, veuf de ses espérances,
Chanter encor, puis prier et mourir.
Et je répète en comptant mes souffrances :
Pauvre Gilbert, que tu devais souffrir !

Ils me disaient : Fils des muses, courage !
Nous veillerons sur ta lyre et ton sort.
Ils le disaient hier, et dans l'orage
La pitié seule aujourd'hui m'ouvre un port.
Tremblez, méchans! mon dernier vers s'allume,
Et si je meurs, il vit pour vous flétrir.
Hélas! mes doigts laissent tomber ma plume;
Pauvre Gilbert, que tu devais souffrir !

Si seulement une voix consolante
Me répondait quand j'ai long-temps gémi ;
Si je pouvais sentir ma main tremblante
Se réchauffer dans la main d'un ami.
Mais que d'amis, sourds à ma voix plaintive,
A leurs banquets ce soir vont accourir
Sans remarquer l'absence d'un convive.
Pauvre Gilbert, que tu devais souffrir !

Tristes et naïves strophes du poëte. Là, seulement, comme ailleurs, dans le *Myosotis*, une chose est à regretter : l'absence de toute idée divine, ce qui met sa poésie au-dessous de celle de Gilbert, assez élevé pour séparer la religion des hommes et de leurs ingratitudes.

D'ailleurs les encyclopédistes et certains socialistes modernes peuvent parfaitement se donner la main en fait d'injures et de calomnies. Je garde précieusement, pour les citer au besoin, copie d'articles de l'impudeur la plus incroyable, publiés à l'époque de sa mort. Écoutez les prétendus moralistes de cet âge sans nom. Son crime social n'est plus comme celui de Gilbert, d'être poëte religieux, mais simplement d'être poëte et pauvre. Un homme d'un rare talent, M. de Vigny, qui a su rester fidèle à sa devise, a généreusement consacré sa plume à la défense de ces nouveaux parias. Quoiqu'une thèse de philosophie n'aurait pas plus de succès, j'en suis sûr, il ne doit pas s'étonner du peu de résultat qu'a produit sa thèse de sentiment. C'est avec *un fouet sanglant* qu'il faudrait stygmatiser de pareilles mœurs.

14 *Grecho Théotocopuli*, peintre espagnol, fut en butte à d'amères critiques et à d'injustes persécutions qui altérèrent sa raison pendant les dernières années de sa vie. On possède de lui, au musée espagnol, entre autres un charmant portrait de sa fille, qui consola seule, par son tendre dévouement, la misanthropie du peintre malheureux.

15 *Capra*. Un des premiers qui poursuivirent avec le plus de rage le système et la personne de Galilée. La brochure infâme de ce nouveau Zoïle des savans fut comme le brandon des attaques accumulées sur le grand homme, et qui finirent par le faire condamner. Il se rencontre presque toujours sur les pas des grands hommes, dans la vie publique ou privée, un de ces misérables, dignes émules des Zoïle ou des Capra.

NOTES DES CHANTS PROPHÉTIQUES.

LA CHUTE DE STAMBOUL.

16 *Tes fiers pachas rebelles*. La chute de l'islamisme n'est plus douteuse dans l'avenir. Pour échapper à son déclin, l'empire turc cherche vainement à se régénérer; les événemens ont marché depuis mon premier volume, sans rien changer à sa situation décrépite. Le dernier coup porté à son unité par Méhémet-Ali, ne saurait être affaibli par les secours des puissances alliées, dont les intérêts rivaux le soutiennent seuls encore. Il appartenait à la France, unique représentant désintéressé de la civilisation, de ne pas abdiquer sa suzeraineté dans les affaires d'Orient, où ses possessions d'Alger devraient lui donner un nouveau marche-pied. Pourquoi ne songerait-on

pas à reconstituer un patriarchat religieux indépendant , une arche de civilisation , parmi les populations en partie chrétiennes de la Syrie, sous la protection des cinq puissances européennes? Tel est le rôle qui servait à la fois nos intérêts, notre gloire et l'humanité, sans coup férir, avec une énergique volonté nationale, et dont la France s'est laissée déchoir , les bras croisés , grâce aux mystifications de son régime constitutionnel. Puisse-t-elle ne pas appeler sur elle, à force d'oubli, les propres malheurs de Stamboul !

INVOCATION AU PONTIFE ROMAIN.

[17] L'abolition de l'esclavage déjà opérée en partie, la révision du Code pénal , encore entaché de coutumes barbares révoltantes, l'harmonisation de la loi chrétienne avec les sociétés nouvelles, c'est-à-dire la réhabilitation d'une morale plus épurée dans la voie où elles se dégradent , voilà les vœux que toutes les âmes nobles et croyantes doivent faire entendre et dont la mission providentielle du pontificat serait de guider le pacifique accomplissement par sa médiation bienfaisante entre les rois et les peuples, au nom de la délivrance évangélique proclamée sur le Calvaire.

PROPHÉTIE AUX NATIONS.

Que le glaive se change en un soc de labour!

[18] Cela est textuellement dans la première vision d'Isaïe : « Et ils forgeront de leurs épées des socs de charrues et de leurs lances des faulx. Un peuple ne tirera plus l'épée contre un peuple , et ils ne s'exerceront plus à combattre l'un contre l'autre. » La plupart des phases annoncées dans cette prophétie , sans aucune imitation prévue, se retrouvent prédites dans les livres des prophètes, qui, du haut du Liban , avaient merveilleusement deviné les choses déjà visibles à nos yeux.

[19] *Renais , Persépolis.* On pense bien que cette évocation des villes disparues n'est que figurée , et n'est ici que le symbole de la régénération future de l'Orient.

Les emblèmes du mage et l'hydre de Siva.

[20] Le poëte a voulu désigner le panthéisme , dernier résumé des civilisations idolâtres.

Quand sa chaîne dorée embrassait l'univers.

[21] On nommait de la sorte la chaîne des philosophes polythéistes de l'école d'Alexandrie, dont le premier anneau remonte jusqu'à Hermès.

FIN DES NOTES.

ERRATA.

— .

Iᵉʳ VOLUME.

Page 56. *Au lieu de :* Dieu du mal, etc., *lisez :* Roi du mal, ton pouvoir, etc.
— 208. *Au lieu de :* Jonchent nos pas sous leurs vallons, etc.,
    lisez : Sous nos pas jonchent leurs vallons, etc.

2ᵉ VOLUME.

Page 86. *Au lieu de :* Rome au loin te rappelle, *lisez :* Rome entière t'appelle.
— 209. *Au lieu de :* J'ai vu les baladins sur des chaises civiques,
    lisez : J'ai vu des baladins sur les chaises civiques.
— 302. *Au lieu de :* J'entends errer des sons dans mon âme ébranlée,
    lisez : J'entends errer des voix dans mon âme ébranlée.

TABLE.

CHANTS NATIONAUX.

STELLA SACRA.

CHANTS PROPHÉTIQUES.

FIN DE LA TABLE.